懸疑考古探險搜神小說
搜神異寶錄
之5 稀世奇珍
婺源霸刀 著

目錄

楔子

「水，水……」他不住地叨念著，在屍體中尋找。
終於，在一具屍體的腰部，找到一個裝水的羊皮袋子。
他站起身，辨別了方向，朝來的路走去。
沒有想到，一年後還會踏上這條死亡之路，
還能見到那個叫菊香的女人，
也終於明白李老闆為什麼要把她帶出來的原因。

一望無際的黃色荒漠，天高雲淡，沒有一絲風，炙熱的陽光白晃晃地烤著地面，彷彿要將地表的沙土融化，斜坡上幾株低矮的灌木，抵抗不住這樣的烈日煎熬，早已經放棄了生命的跡象。

這地方氣候惡劣，除了黃沙之外，還是黃沙。根本不適合人居住，原先住在這裏的遊牧回回（回民），早在幾十年前就已經集體遷移了。遠近幾百里，沒有人煙。

但是，在斜坡下面的溝底，卻橫七豎八地躺著二十幾具屍體，這些人剛剛被殺，鮮血滲入黃沙之中，留在地面上的還未來得及凝固，就已經被曬乾了。

天空中出現幾隻禿鷲的影子，這種生活在這裏的食肉猛禽，也許在幾分鐘前，從十幾里外的高空中，目睹了一場發生在這裏的屠殺，正趕過來會餐。

在斜坡的頂上，立著四十多匹馬，但是人只有二十多個，馬上的人一個個身材彪悍，座下騎著一匹馬，手裏還牽著一到兩匹馬的韁繩。為首一個人濃眉長髮，用一條黑色的絲帶紮著額頭，腰裏斜挎著彎刀，在馬鞍的後面，繫著一個袋子，袋子漲鼓鼓的，裏面裝的是從斜坡底下搶來的東西。

他旁邊的那匹馬上，騎著一個獨眼男子，背上背著弓箭，馬鞍前面橫放著一個女人，那女人已經暈了過去，獨眼男子催馬上前，問道：「大王，這個女人怎麼處置？」

「先把她帶回去，給大家玩一玩，然後殺掉，」為首那人望著獨眼男子馬背上的女人說：「你不要怪我們心狠手辣，要怪就怪你們太貪心，尋覓寶藏之人，殺無赦！」

「大王，」獨眼男子問，「為什麼有那麼多人前來尋寶，難道先王陵墓所在的地方，已被那些人知道了？」

為首那人望了一眼溝底下的那些屍體，緩緩說道：「不該你所知道的事，不要亂問，違令者死！」

獨眼男子畏懼地望著為首那人，不敢吭聲了。

「小六！」為首那人叫了一聲。

一個身材瘦小一點的男子應聲催馬上前，回道：「大王！小六在。」

為首那人說道：「你都數清楚了？那些屍首都夠數吧，沒有逃掉一個人？」

小六笑了一下：「大王，我豈敢有誤，況且這茫茫戈壁灘，幾百里內毫無人煙，縱有一二人僥倖逃脫，無水無食怎麼走得出去？」

為首那人大笑道：「就衝你這句話，我就留下一個人，看他有沒有本事逃出去！」

說完後，他打了一個很響的呼哨，催馬領頭奔去，其他人緊跟在他的後面，不一會兒，這支馬隊便消失在黃沙的盡頭，留下了長長一道紛雜的馬蹄印。

過些時候，只待風起，黃沙上的那些馬蹄印便會被風吹平，沒有人知道這裏有人來過，也沒有人知道溝底那些人是什麼人殺的。

一切都成了謎團。

馬隊離開後，從斜坡另一側的一棵低矮沙棗樹後面，冒出一顆人頭來。那人搖了搖頭，抖掉頭上的沙土，望著馬隊離去的方向，長長吁了一口氣。他的身下有一個凹形的沙坑，他剛才就是趁亂躲在沙坑下，用沙土蓋住身體，饒是他用這種方法躲過那些馬賊的殘殺，但乃被為首的那個馬賊看出來了。

他不明白那個人為什麼要放過他，據他所知，以前那些尋找寶藏的人，在遭遇馬賊後，沒有留下一個活口。令他感到奇怪的是，這些馬賊所用的武器，除了刀就是弓箭，並不像其他馬賊那樣用槍的。

他們這批人為了防止遭到馬賊的襲擊，帶了不少槍支。當這些馬賊朝他們衝過來的時候，他們也開槍還擊，可居然打不死一個人。轉眼間，馬賊到了面前，持槍的人變成了屍體。

更奇怪的是，這些馬賊的衣著打扮完全像古代的武士，穿著鎧甲，戴著頭盔。所說的話，也都顯得文謅謅的，根本不像現代人在說話。

這一群奇怪的人，怎麼會出現在這裏？

他爬起身，步履踉蹌地下了斜坡，來到溝底，見到一地的屍體，他從屍體上跨過去，來到一年紀最大的屍體面前，在那具屍體上摸索了一番，從屍體貼身的地方，取出一個小包裹，放到自己的懷裏。

「水！」他叨念了一聲。在這種地方，水比食物重要得多。

三天前，他們這撥人馬在安西南面一個叫淵泉子的地方加了水和食物，誰知走到這裏就遭遇了馬賊。他們所帶來的馬匹和馬上的行李，全都被馬賊搶走了，一點都沒有留下。被馬賊劫走的那個女人，是那個老頭子的女兒，叫菊香，今年才十八歲，長得很漂亮。他不明白那個老頭子為什麼要帶菊香出來，明知道走的是一條兇險之路，也甘心把女兒往死路上推。

那個老頭子是他們這夥人的頭，叫什麼並不清楚，他跟著大家叫李老闆，據說李老闆在北平是做古董生意的，生意做得還挺大。

在外人的眼裏，他只是一個本分的小財主，沒有幾個知道他祖上幾代人都是摸金行家，是盜墓的高手。傳到他這一代的時候，盜墓技術有了很大的提高。在六年前，他和一個朋友與別人打賭，一夜之間挖開了一個將軍的墳墓，成功躲過墓道內的機關，拿到了想要的東西，從此在行業內名聲大噪。

他深知名聲大的危險，很多盜墓的高手不是死於墓道的機關，而是挖到了好東西後被人滅了口。他厭倦了盜墓的生涯，躲到了一處鄉下，買了十幾畝地，娶了一個比他小二十多歲的漂亮女人，打算靠著原先盜墓時留下的積蓄，過完下半輩子。一個月前，他的一個老朋友在河北鄉下找到了他，邀他出山，說是要帶他做一票大買賣。

到北平後，他和那個朋友見到了李老闆，之後，在李老闆安排下，他們一行二十幾個人離開北平，經過一個多月的奔波，輾轉到了這裏。

哪知道寶藏沒有找到，命倒沒有了。

這一路上，李老闆不時從貼身的地方拿出一些東西來看。漸漸地，他也打聽到，原來李老闆要找的，是西夏開國皇帝李元昊的真正王陵。

對於西夏王李元昊王陵的秘密，身為盜墓高手的他，是早就知道的。據說李元昊建國後，窮兵黷武，小則四處征討，大則侵奪封疆，從鄰國掠奪回來大批珍奇異寶。由於李元昊生性多疑，也擔心自己的陵墓遭人洗劫，於是下令民夫每日建一座陵墓，足足建了三百六十座，作為疑塚，每當建成一座陵墓，就把那批民夫統統殺掉。所以沒有人知道李元昊死後到底葬在什麼地方。隨李元昊一同入葬的大批珍寶，千百年來，都是盜墓人垂涎的對象。但是至今沒有人找到真正的王陵所在。

他那個朋友的屍體就躺在不遠處，背上中了一刀，幾乎將整個背部砍開了。

「水，水……」他不住地叨念著，在屍體中尋找。終於，在一具屍體的腰部，找到一個裝水的羊皮袋子。

袋子裏還有些水，有水就不怕。

他站起身，辨別了一下方向，朝來的路走去。

他沒有想到，一年以後，他還會踏上這條死亡之路，還能見到那個叫菊香的女人，也終於明白李老闆為什麼要把她帶出來的原因。

第一章

連環絕殺

李道明說道：「苗教授，這幾天還會有人死亡，
一旦我拿到藏寶圖，您陪我走一趟，怎麼樣？」
苗君儒說道：「好，我答應你！」
「據說那是魔鬼地域，每個進去的人都無法活著出來」
李道明說道：「我知道您不信邪，
可是世間就有一些很邪門的事情！」

民國廿五年初夏，北平，和平門外琉璃廠古董街。

傍晚時分，一個穿著短褂，腰上繫著黑色功夫帶，年約五旬的精壯男子走進了衡源齋的大門。衡源齋是這條街上生意做得最大的一家，老闆姓李，祖上是安徽人，大清嘉慶年間到了北平，原先是做小攤販的，賣點小古董什麼的，後來不知什麼原因就發了，有了自己的店鋪，生意也越做越大，在國內古董界的名氣也不小。

衡源齋的生意好，除經營有方外，還有一個原因，那就是時不時的有一些絕世珍品出售，諸如商朝青銅器皿，或者是漢代的宮廷白玉飾品等等，買家也都是一些豪門權貴，普通人買不起。對於這些古董的真偽，也有人產生了懷疑，那些豪門權貴為以防買了假貨，在買東西的時候，把一些古董鑒定專家請了來，當場鑒定古董的真偽。

衡源齋從清朝到現在，所賣出的東西，沒有一樣是贗品。

但是衡源齋的那些極品古董，也不是時時都有的，有時候要等上一兩年才出現一件。有不少古董界的同行眼紅了，想方設法弄清楚那些極品古董的來源，可是任由別人費多大的勁，到頭來還是一無所獲。

衡源齋那些極品古董的來源，成了一個外人無法破解的謎。

一個夥計走上前，對那男子問道：「先生，您好，請問我有什麼可以幫到您的嗎？」

衡源齋的夥計，對每一個走進店門的人，無論是挑夫還是乞丐，一律以禮相待，這是店裏的規矩。

那男子坐在旁邊的一張明代紫檀木太師椅上，對夥計說道：「我來找你們的李老闆，麻煩你進去告訴他，就說陝西龍七到了！」

夥計一聽，臉色一變，忙跑步進到裏面，不一會兒，出來一個穿著西服，梳著大背頭，年紀不超過三十歲的年輕人，那年輕人朝龍七施了一禮，說道：「龍大爺，您好，我就是李道明，這裏說話不方便，請到裏面！」

龍七跟著李道明進到裏面，裏面是一處四合小院，院子的石板地面上一塵不染，右邊還有一個葡萄架，架子上的葡萄長得有珍珠大小，但離成熟還早。兩人進了主屋，分頭坐下，夥計捧上來兩杯茶，並退了出去。

「龍大爺，您怎麼到現在才來？」李道明說道：「可急死我了！」

龍七喝了一口茶，大大咧咧地說道：「我這不是來了嗎？」

李道明著急地問：「有消息沒有？」

龍七搖了搖頭，說道：「我的人找遍了方圓幾百里，都沒有找到。」

李道明說道：「都一年多了，怎麼會沒有消息？就是死，也應該留個屍骨的呀！」

龍七說道：「憑我龍七在道上的聲譽，沒有人敢不給我面子，不過我的人打聽到一條消息，好像是與李老爺子有關的。」

李道明露出一絲欣喜，說道：「快說！」

不料龍七卻不急於說出來，而是說道：「我有一句話不知道當問不當問？」

李道明說道：「你問吧。」

龍七問道：「李老爺子他們是不是去尋找李元昊王陵內的寶藏？」

李道明想了一下，點了點頭！

「這就難怪了，」龍七說道：「去年的那個時候，據說有兩班人在安西（古稱瓜洲）停留過，之後他們就失蹤了！如果李老爺子他們是去尋找寶藏，那麼他們肯定進入了魔鬼地域！」

李道明問道：「你說什麼，魔鬼地域？」

龍七說道：「是的，魔鬼地域。聽說那種地方很邪門，千百年來，每一個進入魔鬼地域的人，都不會活著出來，我們道上的人，也都不敢去那種地方。李老闆，你要是早告訴我李老爺子他們去了那種地方，也就不用白白花幾千塊現大洋要我幫你找人了！」

李道明喃喃道：「你的意思是，凡是進去那種地方的人，都不可能活著，是不是？」

龍七點頭道：「是的！所以也沒有人敢去那裏。」

李道明的頭扭向左面，那裏有一座神龕，神龕上供奉著一尊神，是鍾馗。鍾馗的前面，除三支清香外，還有一盞長明燈。那長明燈忽明忽暗，照著鍾馗那黑色的臉，給人一種詭異的感覺。

龍七頓時覺得背上一陣發麻，忙起身道：「李老闆，我告辭了，以後有什麼用得著我龍七的地方，請吩咐一聲！」

李道明轉過頭，說道：「我妹妹她沒死！」

龍七道：「你怎麼知道？」

李道明緩緩道：「是那盞燈告訴我的！」

龍七的臉色大變，嚇得逃出門去。

李道明望著那盞燈，說道：「妹妹，我一定要找到你！」

北大考古學教授苗君儒進了家門，傭人劉姨看見他進門，忙上前接過他的皮箱。他剛剛去美國參加完國際考古工作者會議回來，這次國際考古工作者會議共邀請了兩個中國考古專家，他是其中的一個，另一個受邀的是復旦大學的齊遠大教授。

齊遠大教授對古代語言很有研究，苗君儒還向他討教了一些早已經消失在歷史中的語言。

「這段時間有什麼人來找過我嗎？」苗君儒脫掉外套，掛在衣架上，走到沙發旁坐了下來。

劉姨放好了箱子，泡好了一杯茶遞過來，說道：「上門找您的人很多，我叫他們有什麼事情就寫個字條留下來，那些字條都在您書房的桌子上，哦，廖小姐來過幾次電話，問您什麼時候回來！」

苗君儒「唔」了一聲，端起茶喝了一口，劉姨說的廖小姐，是他的同學兼戀人廖清。要不是他當時的一時衝動去新疆考古的話，也就不會被程鵬鑽了空子，當他從新疆回來之後，廖清已經成了別人的妻子。

喝了幾口茶，他起身進了書房，見書房的辦公桌上，放了一小疊留言條，都是那些來找他的人留下的，他隨便翻了幾張，大多是請他參加宴會的，還有的是請他去鑒定古董。

自從十幾年前他參加國際考古工作者會議，以一篇精闢而獨到的論文得到與會者的認同後，在國內立刻聲名鵲起，一些達官顯貴無不慕名而來，請他去家中鑒定收藏的古董。他是一個考古學教授，不是古董鑒定專家。所以對於那樣的邀請，他都儘量推辭，實在推辭不掉的，勉為其難去應付一下。

他有一個叫古仁德同學，畢業後做古董鑒定，後來聽說乾脆做上了古董生意，在重慶開了一家古董店，生意相當不錯。

有兩張留言條引起了他的興趣，其中的一張是一個叫李道明的人留下的：苗教授，我父親去年七月與我妹妹一同，帶了人去尋找西夏王李元昊陵墓，至今杳無音訊，我想再組織一隊人馬前去查找，希望得到您的支持。一年來，我多次派人尋找他們，都沒有消息，但是我肯定，我妹妹還活著，因為和她性命相連的保命燈還亮著。

西夏王李元昊真正的陵墓所在，一直是困擾考古界的一大謎團。

三十多年前，也就是光緒二十六年（一九〇〇年），在一個偶然的機會中，一個小道士在敦煌莫高窟的後面無意中發現了一些經卷，於是，埋藏在洞窟中近千年的數萬件珍貴文書才重見天日。經鑒定，這些經書是西夏王李元昊時期留下的。對於李元昊這個人，歷史學家們有過多的爭議，此人頗具文才，精通漢、藏語言文字，又懂佛學。尤傾心於治國安邦的法律著作，善於思索、謀劃，對事物往往有獨到的見解。這些都造就了此人成為文有韜略、武有謀勇的英才。此人文治武功卓有成效，但是氣量狹小。在位十六年，猜忌功臣，稍有不滿即罷或殺，反而導致日後母黨專權；另外，晚年沉湎酒色，好大喜功，導致西夏內部日益腐朽，眾叛親離，最後被自己的兒子所殺。

民間傳說李元昊擔心日後被人挖墓，於是令徵召民夫日建一陵，到他死的時候，有好幾百座陵墓，具體他被安葬在哪一座陵墓，沒有人知道。據說，他的陵墓在一個被詛咒過的地方，叫魔鬼地域，闖入魔鬼地域的人，至今沒有人活著回來。當然，也沒有人知道魔鬼地域在什麼地方。

李元昊在位期間，連年征戰，從吐蕃、回鶻，遼國、北宋等掠奪回來大批的金銀珠寶，那些財寶都隨他一同下葬了。多少年來，無數窺視那些財寶的人都想挖到真正的李元昊王陵，可最終還是一場空。

據史料記載，至今共發現李元昊王陵兩百多處，但沒有一處是真的。

苗君儒望著那張留言條，一年前，那個姓李的老頭子找到他，說是得到一張標示真正李元昊王陵的地圖，但是那個老頭子並沒有把地圖拿出來給他看，卻要他一同去尋找李元昊王陵，被他拒絕了。

這年頭，兵荒馬亂的，各地的土匪多如牛毛，十幾二十個人的商隊，被土匪殺人越貨是很正常的事情，看情形，李老頭子那幫尋找寶藏的人，已經遭了厄運。

這個李道明堅信和他父親一同去的妹妹還活著，是因為和他妹妹性命相連的保命燈還亮著。對於保命燈的民間傳說，苗君儒也略有所聞，就是當一個人去遠方的時候，將其生辰八字靠術數與一盞供奉在神像前的燈連在一起，若燈不滅，則人不死。

像這種缺乏科學根據的事情，苗君儒向來不相信，但是在他考古工作的時候，確實也發生了不少用科學無法解釋的現象。

另一張字條，是林福平留下的。林福平是一個古董商人，生意做得相當大，在廣州和重慶都有他的分號，在字條中，林福平聲稱得到一塊黑色的玉石，不知道是不是傳說中的萬璃靈玉，想要苗君儒過去看一下。

苗君儒從年輕的時候開始，就在尋找有關古老羌族那果王朝的線索，只要找到萬璃靈玉，就能夠找到那果王陵墓，從而解開古老王朝的失落之謎。（有關萬璃靈玉和尋找那果王陵墓的故事，請看懸疑考古探險系列——《盜墓天書》）

這些年，苗君儒找到幾十塊黑色的玉石，經鑒定，都不是萬璃靈玉。但是，只要有萬璃靈玉的消息，他都不會放過。

林福平是個儒商，苗君儒十幾年前就認識他，兩人的關係不錯，他有個兒子，聰明淘氣，認苗君儒做乾爸。令苗君儒有些受不了的是他那一口不像男人的娘娘腔。

苗君儒至今未婚，每次去林福平家，都被那小傢伙纏著，「乾爸乾爸」叫得挺甜。這次他從美國回來，還給小傢伙帶了禮物。

客廳裏的電話響了起來，他聽到劉姨在接電話，對電話那邊說：「對不起，他還沒有回來！」

劉姨也知道苗君儒剛回來，需要休息，像應酬方面的事情，能推掉是最好。

電話那頭不知道說了些什麼，劉姨遲疑了一下，輕聲叫道：「苗教授，麻煩您來接一下！」

人才剛剛到家，還沒來得及休息一下，電話就追來了，什麼事情這麼重要，有這麼逼人的嗎？

苗君儒十分惱火地來到客廳，接過電話，大聲道：「你不要再求了，今天我就是在家也不去！」

他正要掛上電話，不料電話中一個人哭道：「苗教授，我是林福平，求求你救救我，今天是最後一天，你要是不來的話，我就死定了！」

苗君儒愣了一下，已經聽出是林福平的娘娘腔，一時間沒有弄清林福平是什麼意思，但是他從對方的語氣中，感覺到了事情的嚴重性，他問道：「到底出了什麼事情？」

林福平說道：「在電話裏也說不清，您快點來我家，我有東西要給你看，快點來，殺我的人馬上就要找上門了！」

林福平的家也在琉璃廠那邊，店鋪的名字叫聚寶齋，苗君儒此前去過很多次，所以他認得路，一聽是人命關天的大事，他不敢含糊，忙出門叫了一輛黃包車，直奔琉璃廠。

來到琉璃廠的古董大街，剛到聚寶齋門口，正要進去，見從裏面衝出一個夥計，那夥計邊跑邊大聲叫：「死人啦，死人啦！」

苗君儒一把扯住那夥計，問道：「誰死了？」

那夥計驚恐地回答：「是我們掌櫃的！」

這時，從裏面出來一個穿著長衫，戴著瓜皮帽的老頭，苗君儒和這老頭有過幾面之緣，認得對方是店鋪裏的管帳先生。

管帳先生一見到苗君儒，哭道：「苗教授，您來晚了，我們掌櫃的已經被殺了！」

苗君儒忙問：「是什麼人殺了他？」

管帳先生呆坐在椅子上，搖著頭：「我們也不知道！」

苗君儒說道：「快帶我進去看！」

管帳先生朝站在旁邊的另一個夥計說道：「帶苗教授進去看！」

那個夥計帶著苗君儒穿過店鋪內堂，走過一處天井，來到內屋的客廳門口，夥計面露懼色，再也不敢往前走了，朝左面的廂房指了指。

左面的廂房是林福平的個人書房，苗君儒以前到過裏面，知道裏面放著不少上等的古董，通常和一些貴客談大宗的生意，都在這裏面進行。

「你站在這裏不要走開，我進去一下馬上就出來！」苗君儒對那夥計說。他來到書房門口，聞到一股很濃的血腥味，看到林福平就倒在地上，他走近一看，見林福平頭部裂開一個口子，白花花的腦漿都出來了，腦袋旁邊的牆上有一些血跡，但是鮮血卻沿著地面噴射出去，濺到屍體對面的書櫥上，地上也積了一大灘。

書房內顯得很亂，地上都是一些古董破碎後的瓷片，書櫥所有的抽屜都被人打開，裏面的一些古籍和手抄本被翻得七零八落。兇手好像在找什麼東西，就連林福平穿在身上的衣服也被人翻過。

苗君儒看了一會兒就離開了書房，人已經死了，破案的工作留給警方去處理，他可不願意破壞案發現場。到了天井裏，他特意看了一下圍牆，並沒有發現攀爬的痕跡。

他和那夥計來到前堂店鋪，見幾個員警已經走進門了。帳房先生忙吩咐夥計領那些員警進去。

見苗君儒要離開，帳房先生叫了一聲「苗教授！」欲言又止。

一輛車子在門口停住，從車上下來一個年約二十，衣著打扮都很新潮的妙齡女子，那女子風風火火地進屋，問帳房先生，「我爸呢？」

帳房先生說道：「掌櫃的在裏面……」

不待帳房先生把話說完，那女子已經衝到裏面去了。

苗君儒認得是林福平的女兒林卿雲，林卿雲急著進去，並未留意到旁邊的苗君儒。

苗君儒離開了聚寶齋，往前走了一段路，腦海中思索著林福平被殺的現場。一個人來到他的面前，輕聲道：「苗教授，請跟我來！」

苗君儒望著這人，「你是誰？」

這人回答道：「我叫李道明，曾經給你留下字條的。」

「你怎麼認得我？」苗君儒問。儘管他的名氣很大，但是很多人只聽過他的名字，而沒有見過他的面。

李道明說道：「因為您剛剛從聚寶齋出來，而你這身衣著打扮，不像普通人！」

苗君儒這一身西裝革履的打扮，確實與常人不同。但是這條街上，西裝革履的又何止他一人呢？李道明不也穿著一身西服麼？

苗君儒微笑了一下，「你確定我的身分，是因為我剛從聚寶齋出來，而並非這身打扮，對不對？」

李道明說道：「這件事情很奇怪，請到我那裏細談！」

從李道明的話中，苗君儒猜測對方一定知道林福平的死因，於是他跟著李道明來到衡源齋，直接進了內堂的客廳。

李道明關上門，兩人分頭坐下。

李道明看了看左面神龕前的那盞保命燈，說道：「苗教授，我留給您的字條，你看了吧？」

苗君儒點頭：「那件事和林福平的死因有關係嗎？」

「當然有，而且不是一般的關係，」李道明說道：「這件事情從頭開始就顯得很詭異……」

說到這裏，李道明的臉上浮現出一種很凝重的神色來，苗君儒對那些鬼怪靈異類的事情不太感興趣，但事關林福平的死因，他還是耐著性子聽下去。

李家之所以發家，是與盜墓有很大關係的，在道光年間，李家的先祖遇到了一個盜墓高手，跟這那個盜墓高手走了一趟，從此李家就發了，先祖見利忘義，將那個盜墓高手殺了，從那個盜墓高手身上得到兩本書，一本是論龍尋穴，一本是奇門遁甲，靠著這兩本奇書，每隔一到兩年，李家的人都會出去尋找古代的大墓葬，挖出裏面的好東西。這就是李家不為同行知道的秘密。正是由於這一點，李家每年都要拿出一些錢出來做善事，以補償先祖所造下的罪孽。李家的人儘管生意做得很大，但從不與人結仇，相反，還認識不少黑白兩道中人。

說完這段話後，李道明說道：「這是我們的秘密，今天為了得到您的幫助，我可全說出來了。」

苗君儒點了點頭，對於李家嚴守的秘密，他也略有所聞，想不到真相竟是這樣。古董界有古董界的行規，商家都是從別人手裏買貨再轉賣出去，極少有自己親自去盜墓的。即使有人去盜墓，也找不到好的墓葬，挖出那些絕世珍品。

李道明接著往下說。

一年前，衡源齋老掌櫃李子衡從一個盜墓人的手上，得到一張羊皮紙，紙上的地圖據說是西夏王李元昊真正的陵墓寶藏所在，李子衡決定組織一隊人馬前去探寶，女兒李菊香卻不答應，說這一去凶多吉少。李家的人都知道，李菊香從小就被送到一個神秘的地方學習道術，精通奇門遁甲之術，有一種常人不具備的天賦，能夠感應到事態的吉凶。儘管李菊香不同意，但是李子衡執意要去，大家也沒有辦法阻攔。為了保護父親的安危，李菊香要父親找來四個屬龍的壯漢，於家中開壇設法，在鍾馗的神像前點起一盞保命燈，將自己的生辰八字和這盞燈聯繫在了一起，說是萬一有什麼情況出現，這盞燈可以保住父女兩人的性命，但是忌諱有命中犯煞之人，否則李子衡就會被人沖命，頂替那個犯煞之人，讓那個人逃過一劫。

苗君儒問道：「你的意思是那盞燈可以保住兩個人的命，這與林福平的死又有什麼關係呢？」

李道明說道：「你聽我繼續往下說。」

卻說李子衡得到那張藏寶圖後，當天晚上，家中佛堂供奉的祖師爺牌位就莫名其妙地燃燒起來，李菊香算了一卦之後，說是大凶之兆，要全家人躲到外面去，屋子裏只留下兩個看店子的夥計。第二天一早，那兩個夥計就死了，是撞牆而死的，家裏被翻得亂七八糟，但奇怪的是，並沒有少東西。李家拿了不少錢給那兩個夥計的家裏，這件事並沒有宣揚出去，所以也沒有人知道。

聽到這裏，苗君儒似乎有些明白了，林福平和兩個夥計的死狀相同，兇手要找的東西，無疑就是那張藏寶圖。

苗君儒問道：「你的意思是，那張藏寶圖現在到了林福平的手上？」

李道明點頭道：「是的！」

苗君儒問道：「可是那張藏寶圖不是被你父親帶走了嗎？又怎麼會到了他的手裏呢？」

李道明說道：「這就是我想知道的原因，我相信我父親和我妹妹，至少有一個人還活著！」

苗君儒望了一眼那盞燈，說道：「你就這麼相信那盞燈？」

李道明點頭，目光很堅定。

苗君儒想了一下，說道：「你想找到那張藏寶圖，追尋你父親去年的足跡去尋找那個寶藏？」

李道明說道：「是的，所以我想得到您的幫助！」說完，他起了身，走到那個神龕面前，點燃三支香，恭恭敬敬地拜過鍾馗像後，插到香爐裏。

苗君儒望著李道明的背影，問道：「那你怎麼能夠找得到那張藏寶圖？」

「死人！」李道明的頭都未回，「因為那張藏寶圖很邪，凡是見過的人，若不懂破解，都難逃魔鬼的追殺。」

苗君儒覺得李道明說的話有些不可思議，他問道：「你的意思是，林福平是被魔鬼殺的？」

李道明說道：「如果您不相信的話，可以再去看一下林老闆死亡的現場，絕對找不出痕跡來。」

苗君儒看過林福平的死亡現場，只是他當時沒有仔細看，也無法分辨有沒有兇手留下的痕跡，但是他對李道明說的話卻不認可：「可是魔鬼能夠做出那些翻箱倒櫃的事來嗎？我肯定兇手一定是人。我不相信魔鬼殺人，只相信那些兇手在殺人後，把痕跡抹掉了，造成了魔鬼殺人的假像。這世上本來是沒有鬼的，鬼在人的心裏。」

李道明說道：「苗教授，我們來打個賭，這幾天，肯定還會有人死亡，如果您在現場找出兇手的痕跡，我不會要求您幫我，如果您找不出的話，一旦我拿到那張藏寶圖，您可要陪我走一趟，怎麼樣？」

苗君儒說道：「好，我答應你！」

「據說那地方是魔鬼地域，每一個進去的人，都無法活著出來，」李道明說道：「我知道您不信邪，可是世間就有一些很邪門的事情！」

苗君儒問道：「別人拿到那張藏寶圖都會死，為什麼你拿到就沒有事？」

李道明緩緩說道：「這也是我們李家的秘密！苗教授，你是第一個知道李家那麼多秘密的外人。我還要告訴你，在沒有找到我妹妹之前，你的命運，已經和我們李家人聯繫在一起了，想躲也躲不掉的。」

苗君儒望著李道明，覺得這個年輕人的身上，充滿著一種讓人無法猜測的詭異。

從李道明那裏回來，苗君儒就將自己關進了書房，翻開一大堆資料，開始研究歷史。一個十幾歲的少年推門進來，看見苗君儒，欣喜地叫了一聲「爸」。他是苗君儒的義子，叫苗永健，是苗君儒十幾年前在山西考古的時候帶回來的。

「你回來了？」苗君儒微笑道。

「我剛進門，劉姨就說您回來了，」苗永健放下書包，說道：「爸，我也想學考古！」

「呵呵，好呀！」苗君儒笑道：「等你考上北大再說！」

「爸，您忙吧，我去複習功課了！」苗永健提著書包出門。他很懂事，從來不在父親忙碌的時候打擾。

第二天中午，剛從學校回來的苗君儒接到李道明打來的電話，說琉璃廠那邊又發生命案，死者是另一家古董店的老闆，一家幾口人全被死了，死狀和林老闆一樣，家裏同樣被翻得很亂。問他要不要去現場看看？

掛上電話後，苗君儒並沒有出門，他對那樣的事情並不感興趣，是魔鬼還是人殺的，警方自會處理。他有些後悔昨天和李道明打那個無聊至極的賭。

上午在學校裏，他見到了廖清，他倆面對面站著，誰也沒有說話，那份情感，已經在眼神中流露出來了。

他愧對廖清，想盡了辦法來補償他的過失，可都沒有用。他們兩人之間的感情，在十多年前就已經被他毀掉了，殘留下的，是無盡的思戀和痛苦的回憶。

他想到了以前和廖清在花前月下的甜蜜，想到了他和廖清之間的誓言，如今，所有的一切都已經化為了泡影。

「苗教授！」一個聲音將苗君儒的思緒打斷，他抬頭望去，見一個人站在門口。

是林福平的管賬先生，昨天苗君儒去那裏的時候，管賬先生就好像有什麼話要說，可能礙於當時的情況，也不好說。想不到今天找上門來了。

苗君儒起身將管賬先生迎進屋內，管賬先生一進門，「噗通」一聲朝苗君儒跪下，哽咽道：「苗教授，求求您救救我們家小少爺。」

「有什麼事情起來說，」苗君儒扶起管賬先生，兩人到沙發邊坐下。

管賬先生臉上的神色很驚慌，說道：「苗教授，我們掌櫃的不是人殺的，是鬼！掌櫃的死了，現在輪到少爺了。」

「你說什麼？」苗君儒想不到管賬先生竟然說出和李道明一樣的話出來。

「是真的，」管賬先生說：「那天，我們掌櫃的一整天都在屋子裏，哪裏都沒有去，也沒有人進去找他，您也知道，那地方沒有後門，要想進去，只有從店鋪的正門進去，可是我和幾個夥計都在店子裏的。」

「你們沒有看到有人進去？」苗君儒說道：「是不是兇手趁你們不在的時候進去的？」

「不可能，」管賬先生說：「我們幾個都在店子裏，就是一隻蒼蠅飛進去，也會發現！員警看過天井的圍牆，沒有任何攀爬的痕跡。你說，除了鬼之外，還能有什麼？」

苗君儒也看過圍牆，確實沒有攀爬的痕跡，他問：「難道你們就沒有聽到那些古董瓷器掉在地上的聲音嗎？」

「有，我派一個夥計進去了，那夥計說書房裏有兩個人在爭吵，掌櫃的不讓他進去，」管賬先生說：「掌櫃的死後，那個人不見了，同時不見的，還有我們少爺，記得當時我們少爺在天井裏玩的，他才八歲呀！」

人死了，連八歲的小孩子也失蹤了，這件事情確實有些奇怪。

管賬先生說道：「我們掌櫃的曾經對我說，如果他有什麼意外的話，要我來找您，說只有您才能解開那張藏寶圖裏的秘密。」

「哦，你們掌櫃的得到了一張藏寶圖？」苗君儒想起了李道明說過的話，他問：「他是怎樣得到那張藏寶圖的？」

「我不知道，」管賬先生說道：「我只是一個櫃上的管賬先生，掌櫃的很多事情，我都不是很清楚的。」

苗君儒苦笑道：「那你要我如何救你們家的少爺呢？」

管賬先生說道：「我懷疑我們少爺的失蹤和那張藏寶圖有關。」

苗君儒說道：「就算和那張羊皮紙有關，可是我們又怎樣找到他呢？」

管賬先生有些無奈地說道：「我也不知道，但我相信您一定會有辦法的！」

「你好像還有什麼事情沒有告訴我吧？」苗君儒說道：「你跟著林老闆那麼久，關於那張藏寶圖的秘密，你知道多少？」

管賬先生沉默了一下，說道：「我早就聽說過那是一張很邪門的寶藏地圖，圖上有詛咒，得到它的人不是死就是失蹤，從來沒有人能成功地找到寶藏。半個月前，掌櫃的從別人手上得到那張藏寶圖，當天晚上，我們家老闆娘就發瘋般撞牆死了，我叫掌櫃的把那東西扔掉，可是他不聽，正準備帶人去尋寶呢，一年前，衡源齋老掌櫃李子衡也是得到那張藏寶圖，帶人去尋寶，結果到現在都沒有回來。」

苗君儒問道：「那張藏寶圖在這之前出現過多少次？」

作為考古學者，他也知道關於李元昊王陵藏寶圖，但他對藏寶圖那類的東西並不感興趣，他所尋找的，是能夠證明古代文明和揭示那一段歷史的東西。他知道民間類似的東西實在太多了，讓人無法辨別真偽。每一次藏寶圖的出現，都會引來不少人的瘋狂搶奪，帶來一場慘絕人寰的殺戮。

管賬先生說道：「從宣統皇帝登位那會兒開始，已經出現五次了，每次都有人死，而且死的樣子相同，據說此前也出現過許多次。」

苗君儒想了一下，問道：「這琉璃廠，生意做得比較大的，哪一家的年代最久？」

管賬先生回答道：「皓月軒的蔡老闆家，他們家祖上從乾隆爺開始，就是做古董的，其他我就不清楚了。」

管賬先生一說到皓月軒的蔡老闆，苗君儒就想到那個一副文弱書生樣子，說話還帶著點秀才酸味的老頭子來。有一次苗君儒熟識的古董店老闆古德仁從重慶來北平，特地介紹了皓月軒的蔡金林蔡老闆給他認識，他看不慣蔡金林那說話搖頭晃腦，偶爾蹦出一兩句之乎者也的樣子。後來蔡金林相邀了幾次，都被他推辭掉了，彼此沒有再進一步交往。

管賬先生拿出一塊黑色的玉石，說道：「我們掌櫃的說可能是萬璃靈玉，我想求您看一下！」

苗君儒小心地接過玉石，在掌心放了一下，又用放大鏡仔細地看了看，說道：「這是一塊上等墨玉，如果找個工匠雕刻一下，能賣出個好價錢。」

管賬先生望了一眼那塊墨玉，起身道：「苗教授，既然不是萬璃靈玉，那就留給你做個紀念吧！我先回去了，櫃上不能缺人，我們少爺是死是活，就全靠您了！」

苗君儒沒有說話，看著管賬先生離開。

那張藏寶圖，一年前被衡源齋老掌櫃李子衡帶了出去，李子衡至今生死不明，藏寶圖卻奇蹟般到了林福平的手裏，這其中的聯繫到底在哪裏呢？

苗君儒不相信關於那張藏寶圖上的神秘詛咒，但是接連幾天，又發生了好幾起命案，死者都是琉璃廠一帶做古董生意的人，有的全家撞牆而死，連兩歲大的小孩也都自己撞死，一時間鬧得人心惶惶，有不少店鋪的老板正想把店鋪轉出去，到別處去做生意。

苗君儒找過辦案的員警，得知案發現場都被人為地翻過，卻沒有外人進入的痕跡，死者都是撞牆而死。警方也不相信魔鬼殺人的謠言，但實在找不出其他可以解釋的理由。

辦案的員警還告訴他，死掉的那幾個人，在這段時間，都不同程度地與林福平有過交往。警方懷疑與一張古老的藏寶圖有關，正全力追查。

所有被發現的死者當中，並沒有一個八歲大的小孩，那個小孩到哪裏去了，藏寶圖究竟是不是在他的身上？

第二章

古老的藏寶圖

妙安法師雙手合什，念了一聲佛號，說道：
「關於李元昊王陵寶藏一事，老僧年輕之時，也有所聞，
據說此圖被人詛咒過，接觸過此圖之人，
若不懂破解之法，將被圖中所附之魔鬼殺死，
只是不知此圖是否真品？」

尋找一個平白無故失蹤的小孩子，是一件很困難的事情。

苗君儒只是一個考古學教授，並不是員警，所以他沒有辦法去尋找那個孩子。

這天，他從學校圖書館出來，正要去教室上課，經過一條林蔭路的時候，見兩個校警拖著一個渾身髒兮兮的小乞丐，往大門的方向行去。

自從日本人佔領了東三省後，不少人逃到關內來避難，北平的乞丐比往年多出了好幾倍，那些乞丐在外面要不到飯，便偷偷來到學校的食堂裏偷飯吃。為了維護學校的清淨和正常的學習秩序，校方加派了人手，只要發現那樣的乞丐，無論大小，一律請出校門。出於對國難同胞的相憐，學校每日在特定的時間內，於西校門外施捨飯食，並呼籲愛國商人踴躍捐款捐物，救助受難的同胞。

那小乞丐被人拖著，奮力掙扎並大聲叫：「放開我，你們放開我，我不是來偷東西吃的，我是來找人的！」

那小乞丐看到苗君儒，大聲叫道：「乾爸，乾爸！」

那兩個校警看到苗君儒，停住了腳步，其中一個說道：「苗教授，這個小傢伙說是來找您的，可是我們在飯堂那邊發現他在偷吃東西。」

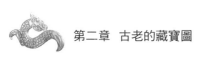

苗君儒看那小孩，也就十歲左右的樣子，長得虎頭虎腦的，身上雖然很髒，但是那一身衣服並不破爛，而且質地也不錯。他認出是林福平那失蹤的兒子林寶寶，忙叫校警放開，他見林寶寶手上仍拿著半個饅頭，於是問：「你是不是還很餓？」

林寶寶道：「偷吃了兩個饅頭，現在不餓了，是外面那些小孩教我的，說只要混進來，找到食堂，就有很多好吃的，我餓了好幾天，反正要進來找人的，就混進來了。」

從林福平被殺到現在，已經有四五天的時候，不知道林寶寶是怎麼熬過來的。苗君儒對那兩個校警說道：「你們走吧，把他交給我就行了！」

校警離開後，他問林寶寶：「都好幾天了，你怎麼不早點來找我呢？」

林寶寶仰著頭說道：「乾爸，不是我不想來，是有人追我！」

「哦，是什麼人呢？」

林寶寶說道：「不知道，我和他們捉迷藏，躲過了他們，才偷偷進來這裏的。」

苗君儒被林寶寶那憨憨的樣子逗樂了，可是他很快就笑不出來了，因為他看到那兩個剛離開沒有多久的校警，突然間相互大打出手，任由別人怎麼勸都勸不住。

林寶寶笑道：「他們活該，誰叫他們抓我？」

苗君儒奇怪地望著林寶寶，問道：「你把他們怎麼了？」

林寶寶說道：「也沒有怎麼，我給他們摸了我身上的東西，我媽碰了我身上的東西，結果她發瘋撞牆死了，我爸說只要碰這東西的人，都會死。」

林寶寶的話還沒有說完，苗君儒就聽到前面傳來驚呼聲，他扭頭望去，見那兩個校警掙脫開眾人，將頭用力撞在牆上，頓時倒地不起了。

林寶寶身上的什麼東西這麼恐怖，碰上的人都得死？

苗君儒驚愕地問：「你身上是什麼東西？」

林寶寶從貼身的地方拿出一塊黑布包著的東西來，說道：「我爸叫我把這東西給你！」

苗君儒不敢去接，他害怕像那兩個校警一樣，低頭問道：「為什麼這東西你帶在身上都沒事？」

林寶寶從衣內拿出一個用紅線掛在脖子上的香包，說道：「我有這東西在身上，就沒事的！」

香包一拿出來，苗君儒立即聞到一股很濃的檀香味。檀香一般都是用來做佛香的，他在李道明家中，就聞到這種很濃郁的檀香味。這黑布裏面包著的，極有可能就是那張很邪門的藏寶圖，莫非檀香真有辟邪的功效？

他突然想到，林福平打電話叫他去，肯定是為了藏寶圖的事情，就算他不去，林福平知道他已經回來，大可親自帶著藏寶圖上門，為什麼放心讓八歲大的兒子把藏寶圖帶出來送給他呢？唯一的解釋，就是林福平已經失去了人身自由，最有可能控制林福平的人，就是那個管賬先生。在迫不得已的情況下，林福平把藏寶圖交給了兒子，並要兒子去北大找他。

管賬先生一定也想得到那張藏寶圖，也知道藏寶圖很有可能被林家的小孩子帶走，林家並沒有後門，林寶寶是如何躲過櫃檯上的那幾雙眼睛，逃到外面去的呢？

區區一個管賬先生，究竟是怎樣的一個人物？

「你是怎麼逃出來的？」苗君儒問。

「很簡單呀，」林寶寶說道：「我爸叫我不要從外面出去，圍牆邊上有個狗洞，我從那裏爬出去了。」

圍牆邊上確實有個一尺多見方的狗洞，對大人而言，是沒有辦法出入的，但是小孩子就不同了。

眼下，苗君儒要去上課，他對林寶寶說道：「我現在要去上課，先帶你去一個阿姨那裏，你在那裏等我，好麼？」

林寶寶點頭。

苗君儒將林寶寶帶到廖清那裏，要她幫忙照看一下，他一再叮囑她：千萬不要碰林寶寶身上的東西。

廖清見苗君儒的神色很凝重，知道事情不假，忙將林寶寶領到房間裏面，並拿出一些好吃和好玩的東西。林寶寶見有了這些好東西，一屁股坐下不想動了。

苗君儒上完課，還未走出教室，見廖清急沖沖地進來，說道：「那個孩子不見了！」

原來廖清有事情臨時走開一會兒，回來後見林寶寶已經不在屋裏了。她急忙四處尋找，終於打聽到有人看見她的女兒程雪梅，帶著一個差不多大的男孩子，往未名湖那邊去了。剛才她在湖邊找了一圈，也未見那兩個孩子的蹤影。

兩人離開教室，來到未名湖邊，又在湖邊找了一陣，見湖水蕩漾，哪裏有那兩個孩子的身影。

廖清忍不住哭起來，自從丈夫程鵬十年前帶著兒子程雪天去了美國後，她和女兒程雪梅就相依為命。苗君儒心裏也明白，程雪梅雖然姓程，但卻是他和廖清所生。這也是程鵬為什麼狠心拋妻棄女，只帶著兒子離開的原因。

若程雪梅有什麼三長兩短，苗君儒將無法原諒自己。本來他欠下廖清的感情債，這一輩子都無法還清。

兩人幾乎找遍了整個校園，最後失魂落魄地回到廖清的住處。剛進家門，就聽到裏面傳來一男一女兩個小孩子的打鬧聲。

廖清衝進屋裏，將程雪梅緊緊摟在懷中，臉上喜極而泣，說道：「你去哪裏了，害得媽媽擔心死了，以後不要這樣嚇媽媽了，好麼？」

程雪梅點頭，看到苗君儒，叫了一聲：「苗叔叔！」

苗君儒應了一聲，心裏不知是什麼滋味，他多麼希望程雪梅甜甜地叫他一聲「爸爸！」可是不行。雖然學校內同年紀的人，都知道他們以前是一對相愛的戀人，但是廖清後來卻和程鵬結了婚，她至今還是程鵬的妻子。他不敢奢望，也沒有那樣的資格。

程雪梅說道：「我帶他去湖邊玩了，後來我們去了別的地方。」

難怪在湖邊找不到人。

林寶寶走上前，拿出身上的東西遞給苗君儒，苗君儒想了一下，接了過來。原先他對這件事並不熱衷，但是事情到了如此的地步，倒有一種強烈的欲望迫使他解開藏寶圖上的謎。

雖然林寶寶還有家，但是那個家已經回不去了，不少人都想從這孩子身上得到藏寶圖。在沒有將事情真相弄清楚之前，林寶寶一旦出現在別人的眼裏，就會有危險，苗君儒產生了將林寶寶暫時留在廖清這裏的想法。

興許是心有靈犀，廖清看懂了苗君儒眼中的憂慮，她說道：「你放心吧，這個孩子就先留在我這裏，反正他們兩個挺投緣的，我也想雪梅有個玩伴。」

苗君儒拿到那東西後，突然感覺到一陣頭昏，想起林寶寶說過的話，忙要過林寶寶的香包，放在鼻子下面嗅了一下，立刻清醒了不少。

他不敢再停留，急忙離開，他已經想到了一個很理想的去處。在那裏，也許不用擔心藏寶圖上的神秘詛咒。

苗君儒出了校門，正要叫一輛黃包車往大鐘寺而去。他認識大鐘寺的主持妙安法師，妙安法師是佛門泰斗，學識很淵博，翻譯過不少梵文經書，是目前國內通曉梵文為數不多的幾個人之一。

在大鐘寺內，一年四季香火不斷，供的都是上等佛門檀香。再者，有妙安法師相助，也許能儘早解開藏寶圖的殺人謎團。

一輛車子突然在他的面前停住，從車上下來一個穿著一身黑色旗袍的妙齡女郎，他認出是林福平的女兒林卿雲。

「苗教授，您好！」林卿雲說道：「我聽過您講的課！」

北大考古系幾個年級加起來有兩三百個學生，苗君儒的心思都在研究上，很少認識自己的學生。但是林卿雲不同，她畢竟和林福平有那層關係。他知道也是北大考古系的學生，是廖清的學生。

林卿雲看了看左右，說道：「苗教授，您快跟我離開這裏！」

苗君儒問：「為什麼？」

林卿雲來不及多說，將苗君儒扯上車，車子絕塵而去。

「你現在可以告訴我了，」苗君儒坐在車內問：「是不是有人要殺我？」

「你怎麼知道？」林卿雲問。

「不是說每一個接觸過藏寶圖的人都要死嗎？」苗君儒說道。

林卿雲說道：「也不一定，有人就沒有死，據我調查，衡源齋的李道明就接觸過那張藏寶圖，但是他至今沒有事！我不相信這世界上有鬼，有時候人比鬼更可怕！」

苗君儒想不到年紀輕輕的林卿雲會說出這樣的話來，他說道：「可是他的父親和妹妹已經失蹤一年多了！」

「失蹤和死亡是兩個概念，」林卿雲說道：「以前那些尋寶的人，不也都沒有回來嗎？」

「看來你對這件事知道得也不少，」苗君儒問道：「你認為什麼人會殺我？」

林卿雲說道：「兩個小時前，我們家的帳房先生死了，被人殺死在店鋪門口，是槍殺的，一槍斃命！他曾經去找過您，我猜想那些人的下一個目標也許是您！」

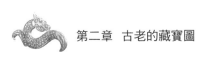

「是什麼人殺了他？」苗君儒也懷疑那帳房先生有問題，正要找時間進一步調查，想不到這麼快就被人滅口了。

「我正在查，可惜沒有找到證據。」林卿雲說道：「我懷疑是李道明派人下的手，一年前，他父親帶著藏寶圖出去了，一年後，藏寶圖卻到了我爸的手裏。在這之前，藏寶圖每出現一次，都有人死，這裏面肯定有問題。李道明為人狡詐，行事很陰險，我知道他也找過您，您千萬別相信他的話。」

苗君儒不會輕易相信別人的話，他是靠自己的思維去判斷的，他問：「你想帶我去哪裏？」

「找個安全的地方，」林卿雲說道。

「我們去大鐘寺，」苗君儒說道：「在那裏最安全。」

大鐘寺，原名覺生寺，建於清雍正十一年（一七三三年），因寺內珍藏一口明代永樂年間鑄造的大鐘而得名。

大鐘寺曾是清朝皇帝祈雨的地方，寺院坐北朝南，由南往北依次為山門、鐘鼓樓、天王殿、大雄寶殿、後殿、藏經樓、大鐘樓和東西翼樓，另外還有六座配廡分佈在兩側。大鐘樓是寺內獨具特色的核心建築，它矗立在一座巨大的青石砌成的台基上，整個鐘樓上圓下方，象徵「天圓地方」，青石台基上砌有八角形「散音」池，在它的作用下，輕擊大鐘時，方圓百餘里均可聽到純厚、古雅的鐘聲，餘音可持續三分鐘之久。

大鐘樓內高懸的永樂大鐘，是永樂年間，明成祖遷都北京後下令鑄造的，距今已有近五百年的歷史。此鐘原在萬壽寺中，每天晨鐘暮鼓，後一術士說，北京西為白虎，敲鐘恐驚動白虎，因此不再敲鐘，清乾隆時移到此寺。

在大鐘樓東面的庭院裏，按歷史年代陳列著四十餘口形狀各異的古鐘。宋、元時代的鐘呈桶形，如珍藏在藏經樓裏的大鐘，是宋熙寧年間鑄造，距今已有九百多年的歷史，是大鐘寺最古老的鐘。

大鐘寺的藏經樓裏，有不少古文典籍，苗君儒有時候也來這裏查找相關的資料，所以對這裏很熟。

他們將車子停在大鐘寺西側的圍牆外，兩人進了寺院。

在小沙彌的帶領下，兩人在佛堂內見到了正在給眾僧講解波若蜜多心經的妙安法師，他們不敢造次，找個靠邊的位置，雙手合什坐了下來。苗君儒是個佛教徒，對佛學也有一定的研究。

妙安法師講解完佛法後，在眾僧的簇擁下離開佛堂。那個小沙彌來到苗君儒面前，請他們來到妙安法師的禪房。

苗君儒朝妙安法師施了一禮，將來意說了。妙安法師聽了之後，臉色微微一變，忙叫身邊的護法僧人拿來一把上等的檀香，在禪房裏點燃，禪房頓時瀰漫著檀香的濃郁香味。

苗君儒拿出那黑布包著的東西，放在桌子上，一層層打開。黑布裏面包著的，果真是一張折疊起來的羊皮紙，隱隱可見裏面的一些文字和圖案。

妙安法師雙手合什，念了一聲佛號，說道：「關於李元昊王陵寶藏一事，老僧年輕之時，也有所聞，據說此圖被人詛咒過，接觸過此圖之人，若不懂破解之法，將被圖中所附之魔鬼殺死，只是不知此圖是否真品？」

苗君儒將發生在學校裏的怪事說了一遍。他掏出隨身帶著的放大鏡，仔細看了一下那張羊皮紙，見紙色淡黃，已經失去了原有的油性光澤，但毛孔細膩，紙質纖薄，確實是用小羊皮製作而成，而且年代確實很久。

妙安法師皺眉道：「此乃邪惡之物，留在世上只會害人，不如燒之，以絕後患！」

他正要將藏寶圖拿起來，放到燈燭上去燒，不料林卿雲一把將圖搶了去，說道：「我爸媽都是因為這張圖而死，這張圖到底邪惡在哪裏，我一定要弄明白！」

妙安法師雙手合什道：「善哉，善哉，是福不是禍，是禍躲不過，一切冤孽皆因人引起，若無貪心，何來殺身之禍？」

苗君儒道：「大師，如果這張圖是真的，是不是就可以找到傳說中的寶藏？」

妙安法師進了禪房內室，不一會兒，拿出一本經書來，苗君儒看到那經書上的文字，竟是西夏文。由於李元昊本人崇尚佛學，所以佛教在西夏時期有很大的發展，從敦煌莫高窟中發現的大批西夏文字的經書，就是很好的證明。

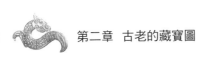

妙安法師說道：「苗施主，你應該知道有關角廝囉的歷史吧？」

有關角廝囉的歷史，苗君儒當然知道。角廝囉，吐蕃語「佛子」的意思，為吐蕃贊普之後，是當時佛界一個具有很大影響力的人物。宋朝初年，由於角廝囉的聲譽，被宗哥城（今青海西寧市以東大小峽谷之間）僧人李立遵和邈川（今青海樂都）大首領溫逋奇擁立，在現今青海西寧一帶，建立了一個擁有數十萬居民的角廝囉王朝。明道元年（一〇三二），李元昊繼位之後，宋想利用角廝囉的勢力牽制李元昊，於是授角廝囉為寧遠大將軍、愛州團練使。授溫逋奇為歸化將軍。第二年又進封角廝囉為保順軍節度觀察留後。李元昊初立，積極準備稱帝建國，為了鞏固後方，也為了懲罰角廝囉歸附宋朝，便發動了對吐蕃河湟地區的進攻，幾次都慘敗。後來，角廝囉內部發生叛亂，李元昊乘機以重賂行間，使角廝囉王朝分裂成幾部分，並用計害死角廝囉。歷史上對於角廝囉的死因，有很多爭議，有的說是被下屬殺死，有的說是被毒藥害死，還有的說是流亡到回紇被殺，總之，都不能確認。

妙安法師說道：「這本經書是一百多年前一個遊方僧人留在本寺的，老僧曾經看過，其中有一段，我想能夠解開藏寶圖的邪惡之謎！」

苗君儒只知妙安法師通曉梵文，沒想到法師還通曉西夏文。

妙安法師打開經卷，翻到那一頁，指給苗君儒看。作為國內首屈一指的考古學教授，苗君儒通曉二十多種古代的文字，當然包括西夏文。

經書的那一段文字是記載有關角廝囉死亡之謎的，翻譯過來的意思就是：……角廝囉至退敗歷精城以來，常懷禍發肘腋之憂，意衰志怯，每日念佛誦經；帝恐其亂，派使者持書前往，角廝囉閱書畢，瘋狂不已，撞壁而亡……

苗君儒望著妙安法師，問道：「角廝囉看的那封信有問題？」

妙安法師點頭：「據我所知，在西夏以西的地方，也就是現在新疆、甘肅一帶的荒漠中，有一種叫蟄蝨的蝸牛，這種動物分泌的一種黏液，無論是人還是其他的動物，一旦碰到，立刻失去控制，無不撞山而亡。」

苗君儒從一些資料上看到過關於蟄蝨的介紹，但是他並沒有將蟄蝨與藏寶圖聯繫起來，被妙安法師這麼一點撥，立刻明白了。藏寶圖上沾有蟄蝨的黏液，所以碰上的人，都撞牆死了。魔鬼殺人是假，都是蟄蝨黏液的毒性在作祟。

他想起林福平的死亡現場，旁邊的牆上雖然有撞牆後留下的血跡，但是血跡卻顯示是屍體倒地後噴射出去的，一般的情況下，撞牆死的人，應該就勢倒在牆邊，由死者頭部噴出的血，應該濺在牆上，而非待屍體倒地後噴射出來。也就是說，林福平不是撞牆而死，而是被人殺的。殺林福平的人，是為了得到這張藏寶圖。

只要這張藏寶圖還在，那些殺人的兇手一定會出現。

妙安法師接著說道：「想不到佛門檀香是這種毒物的剋星，善哉，善哉！」

苗君儒突然冒出了一個想法，說道：「大師，我想去尋找寶藏，揭開李元昊王陵之謎！」

妙安法師望著苗君儒，念了一聲佛號，說道：「也許這一切都是劫數，你想去的話，就去吧。我也不能幫你什麼，這串佛珠，是當年那個遊方僧人留下的，你帶在身上，也許能幫你化解兇險！」

妙安法師說完，從脖子上取下那串佛珠，托在手裏。

苗君儒知道這串佛珠非常珍貴，由一百零八粒雕刻著梵文金剛經的墨玉珠子串成，這一整串佛珠就是一部金剛經，每一粒珠子都是成色一致的上等墨玉，在光線的映射下，泛著一層異樣的色彩。妙安法師曾經請他鑒定過，證實是一千多年前玄奘法師從印度的那爛陀寺帶回來的佛門聖物，玄奘圓寂後，這串佛珠被供奉於長安玉華寺，後隨玄奘頂骨遷至終南山紫閣寺；景佑二年（西元一〇三五年），宋仁宗為了安撫李元昊，特賜予一大批金銀珠寶，其中就有這這串佛珠。李元昊得到這串佛珠，非常高興，每天戴在身上，有時候連睡覺都戴著。不知道什麼原因，李元昊死後，這串佛珠居然沒有隨其下葬。

「大師，我怎麼能……」苗君儒不敢用手去接。

「收下吧！」妙安法師說：「世間萬事皆有因，因果循環，天道使然，但切忌貪念。宋仁宗於一〇三五年將此物賜予他，至今正好九百年，九乃至尊之數，藏寶圖現世至今，造成殺戮無數，此事也該有個結果了，阿彌陀佛！」

苗君儒雙膝跪地，行了一個佛門膜拜的大禮，從妙安法師手上接過佛珠，鄭重地戴在胸前。他並不知道，這串佛珠在他進入魔鬼地域後替他逃過死劫。

苗君儒又向妙安法師求了點佛門極品檀香，帶在他和林卿雲身上，以解藏寶圖上的劇毒。一年前，李子衡不把藏寶圖拿出來給他看，或許是怕他中了圖上的毒，但是李子衡已知道解毒之法，不把藏寶圖拿出來，或許還有別的原因。

兩人離開了大鐘寺。

林卿雲問：「你真的想去尋找寶藏？」

苗君儒點頭：「不是每一個撞牆而死的人都是中了藏寶圖上的劇毒。」

依妙安法師所說，只有中了毒的人才會發瘋撞牆，但是這件事當中，很多死者，包括那個幾歲大的孩子，並未有接觸藏寶圖的機會，怎麼也會撞牆而死呢？再者，林福平已經找到了解毒的方法，所以在兒子林寶寶的身上掛上了那個檀香的香包，他本人應該會沒事，怎麼也撞了牆？事前，夥計明明聽到裏面有兩個人在爭吵，那麼，另一個人是誰？

如果兇手只是殺人搶圖的話，大可無需煞費心計地將現場偽裝成魔鬼殺人的假像。管賬先生的死，是有人似乎在掩蓋什麼真相。

整件事情，應該是有人在幕後蓄意製造出來的，那麼，那個人這麼做的目的在哪裏呢？

林卿雲問：「現在我們要去哪裏？」

「你弟弟在廖教授那裏，藏寶圖是他給我的，」苗君儒說道：「你把圖給我，去接回你弟弟，幾天後我去你家找你，一起去尋找寶藏！」

林卿雲問：「我為什麼要跟您去尋找寶藏？」

「只有去尋找寶藏，才能知道是什麼人殺了他們！」苗君儒說道：「想成為一個優秀的考古人員，最好的方法就是去尋找歷史遺留下來的痕跡！」

林卿雲點點頭，把藏寶圖遞給苗君儒。

「這幾天，你要千萬注意安全，」苗君儒說道：「我先去見一個人，然後向學校提出申請出去考古！」

說完後，他攔了一輛黃包車，直奔琉璃廠。

苗君儒要見的人，是李道明。他決定和李道明合作，一起去尋找寶藏。學校由於資金問題，壓縮了考古系教授野外考古活動的次數。但是若教授提出申請，自費帶學生出去考古的話，學校是支持的。

以前苗君儒就曾經多次自費出行，但那都是一般性的考古工作，所帶的學生也不多，而且都是在近距離地區，花費也不大。

此次不同，不但兇險重重，而且路途遙遠，許多困難讓人無法想像。至於耗資方面，也不是他一個考古系教授能夠承擔得起的，不過沒有關係，李道明家底豐厚，有的是錢。

來到衡源齋，苗君儒一進門就看到了李道明。李道明朝苗君儒拱了一下手，說道：「苗教授，我正要去找您，想不到您倒來了！」

苗君儒隨著李道明來到內堂，分頭坐下，他拿出藏寶圖，說道：「你要的東西在這裏！」

李道明望了一眼藏寶圖，並未用手去拿，而是起身走到神龕前，點燃三支香，拜完後插到香爐裏。

苗君儒說道：「我答應你，和你一起去，只是求你不要再殺人了！」

李道明轉身，回到椅邊坐下，說道：「你懷疑那些人是我殺的？」

「我想過了，除了你之外，不會有別人，」苗君儒說道：「現在我把藏寶圖給你，只求你收手！」

李道明冷笑道：「既然你這麼認為的話，我也不想解釋！」

「什麼時候動身，時間由你來定，」苗君儒說道：「一切由你做主！」

李道明沉默了一下，說道：「我查到一年前我父親找的那些人裏面，有兩個人是盜墓的高手，那兩個人裏面，有一個叫趙二的人，是命中帶煞的。」

苗君儒問道：「你怎麼這樣肯定？」

李道明說道：「有個人告訴我，去年九月份，他在甘肅天水一帶收貨的時候，見到過趙二，一副很落魄的樣子，而且只有一個人。趙二當年在我們這一行的名氣很大，有不少老一輩的人都認識他，後來不知道什麼原因失蹤了幾十年，而他跟隨家父出去尋寶一事，也有不少人知道。家父是六月份離開北平的，這三個月之中發生了什麼事情，只有趙二才知道。」

苗君儒問道：「要怎麼樣才能找到他？」

李道明說道：「這幾天來，我都在找他，終於被我找到了，另外，龍七沒有查到的事情，我也查到了！」

苗君儒問道：「龍七是誰？」

李道明望著桌子上的藏寶圖，說道：「以後你就會知道，我們去那邊，一定用得著他！」

苗君儒起身道：「什麼時候動身，你告訴我一聲。」

當苗君儒走到門口，身後傳來李道明的聲音：「那個告訴我趙二還活著的人，是林福平的管賬先生。」

苗君儒並未回頭，為了保住秘密，最好的辦法是殺人滅口。這世界上，心狠手辣的又何止是李道明一個人？

苗君儒離開後，李道明右側的廂房門打開了，從裏面走出一個人來。他走到李道明面前，問道：「你打算怎麼辦？」

李道明說道：「去找寶藏！」

那人道：「就算你能夠進到魔鬼地域，找到寶藏，也沒有辦法開啟寶藏之門，破解裏面的機關。」

李道明說道：「所以我要找苗教授幫忙，他是這方面的專家。」

那人道：「他只是考古專家，對付一般的墓道機關，或許有辦法，但是對付寶藏內的機關，是絕對不行，只有當年設計機關的人，才懂得如何破解！」

李道明冷笑道：「你要叫我去找上千年前的死人？」

那人道：「上千年前的死人你沒有辦法找得到，但是他有後人。」

李道明問道：「你找到他的後人了？」

那人道：「我家祖上幾代人也想得到這張圖，但是他們知道，如果找不到穿過魔鬼地域的道路，沒辦法破解裏面的機關，這張圖就和一張廢紙沒有區別。」

李道明說道：「你的意思是必須找到穿過魔鬼地域的道路，和破解裏面的機關，才能去？」

那人道：「是的，一年前，你的父親沒有聽我的話，以為靠那兩個盜墓的高手就可以破解裏面的機關，結果他到現在都沒有回來。」

那人當然不知道李家的秘密，李家自從得到《論龍尋穴》和《奇門遁甲》那兩本奇書後，傳到李子衡的手上，不知道破解過多少墓葬內的機關，李子衡自以為憑著這兩本書，一定可以破解寶藏內的機關，所以才不將那人說的話放在心上。

那人道：「十年前，我花錢買通相關的人，才從敦煌莫高窟的文獻中，查到一個幫李元昊建築宮殿和陵墓的宋朝居家道士，叫玉虛子，這人的俗家名字叫魯大連，是魯班的後人，我想設計寶藏機關的人，一定和他有關，十年來，我一直不放棄尋找他的後人，皇天不負有心人，終於被我找到了。在東直門外，有一家經營傢俱的店子，老闆就姓魯。」

那家叫福旺來的傢俱店，在北平城的名氣很大，出售的傢俱不但式樣新穎，而且做工精巧，普通的工匠根本沒有辦法做出那樣的東西出來。

李道明說道：「你去找過他？」

那人點頭，說道：「不錯，可是情況不容樂觀。」

李道明問道：「為什麼？」

「我和魯老闆有過一番談話，他承認是魯班的後人，也知道先祖出過一個精通陰陽術數的人，曾經被宋仁宗徵召去，為西夏國王修建王宮和陵墓的事情，」那人說道：「玉虛子不知道用什麼方法，逃過了西夏國王的追殺回到大宋，玉虛子死前，並沒有對後人講其在西夏國的遭遇，只留下兩本奇書，一本是《論龍尋穴》，另一本是《奇門遁甲》；他告訴我，在乾隆爺的時候，他的祖上出了一個靠盜墓為生的人，靠著那兩本奇書，挖出了不少好東西。後來也不知道什麼原因，在道光爺的時候，那個人在一次外出之後，就再也沒有回家，那兩本奇書也從此不見了蹤影。」

李道明聽完，心中大驚，想不到事情居然落到自家的頭上。

那人說道：「只要找到那兩本奇書，就能夠破解裏面的機關！」

李道明問道：「要怎樣才能找得到那兩本書呢？」

那人望著旁邊神龕前的那盞保命燈，說道：「你妹妹李菊香不是精通奇門遁甲之術的嗎？你們李家的那些秘密，別人不知道，我可是一清二楚。」

看來他對李家的秘密，已經查得很清楚，當下，李道明道：「不錯，那兩本書原先是在我家裏，可是被我父親帶出去了，現在也不知道……」

那人打斷了李道明的話，說道：「你我都是聰明人，我知道你已經找到了趙二，如果我沒有猜錯的話，那兩本書就在他的身上。」

李道明問道：「你為什麼要告訴我這些？」

那人並不回答，發出一陣公鴨嗓子般的大笑，意味深長地望了李道明一眼，走了出去。

望著那人的背影，李道明沒來由地感到背上一陣陰涼，額頭上冒出一絲冷汗。

第三章

盜墓者

李子新說道：「古墓的位置我已經寫在上面了，
夜晚子時，墓門開啟，是死是活，就靠你們的造化了！」
……依藏寶圖所示，寶藏入口處，
在北方斗、牛、女、虛、危、室、壁七宿交叉的正點處，
選擇陽氣最旺時開啟，也就是夏至的正午時分，
引童男之血祭天，借天宇石碑之神力，找到寶藏入口……

他的。

趙二終於等到了這一天，他知道他無論逃到哪裏，李老闆的後人遲早會找到

一年前，他沒有被那些馬賊殺掉，靠著那半壺羊皮袋裏的水，足足走了六天，才走出那一片荒漠，花了四個多月的時間，回到河北鄉下的家中。由於害怕李家的人找上門，他舉家外逃，外逃期間，居無定所，食不果腹，老婆和孩子實在受不了那樣的罪，幾次要離他而去，沒有辦法，他只得在四川漢中的一個鄉下躲了起來。

他本不想去盜墓，以為幫人家打點零工就可以養家糊口，可是孩子的一場大病，逼得他不得不連夜挖開一個明朝大官的墳墓，盜出裏面的東西去賣，這樣一來，他的行蹤就暴露了。

此時，李道明就站在趙二的面前，他的身邊跟著幾個穿著勁裝，腰裏插著盒子槍的大漢。

「李老闆……和所有的人……都……都……被殺了，他……他的女兒被……被那些人搶……搶走了，」趙二驚恐地望著李道明，說話語不成調。

李道明問道：「是什麼人下的手？」

「不……不知道……」趙二說道：「我們……我們有槍，但……但是……」

「但是什麼？你不要怕，慢慢說。」李道明問道。

去年他父親帶去的那批人當中，有八支長槍，六支盒子槍，還有一挺捷克式機槍，對付小股的土匪是完全沒有問題的。若是一般的土匪，遇上這樣的大戶，都不會輕易把人殺掉，而是將人控制住，再向家裏要贖金。況且，他父親和那邊的黑道人物有些交往，有誰不知道北平城內衡源齋的李老爺子？

趙二穩定了一下情緒，說道：「我們開槍了，可是沒有用，根本打不死那些人，那些人穿著古代人的衣服，用的都是刀，還有弓箭！他們不是人，是魔鬼！」

李道明愣了一下，從趙二那驚恐的神色中，看出所說的話不像有假。如今還有那一股土匪不用槍的？連槍都打不死的人，難道真的是魔鬼？

「這兩本書是我從李老爺子身上拿來的，現在還給你，」趙二從身上拿出用油布包著的兩本奇書，遞給李道明。

李道明接過書，問道：「你回來後，為什麼不去找我？」

「怕你殺我呀！」趙二雙膝「噗通」一下跪了下去，說道：「求求你，要殺就殺我一個人，放過我老婆和孩子吧！」

「你起來，」李道明說道：「我最看不起動不動就下跪的男人。」

趙二疑惑地起身：「你不殺我？」

李道明笑道：「我為什麼要殺你？」

趙二說道：「可是李老爺子他……」

李道明說道：「人又不是你殺的，再說，我還需要你幫我。」

趙二說道：「想要我幫你做什麼，只要我趙二做得到的，儘管開口。」

李道明笑了一下，說道：「其實也沒有什麼，帶我走一次你去年走過的路。」

趙二又一次跪了下去，哭著道：「李大爺，別的事情我都答應你，可是那條路，真的不能再去了，這麼多年來，沒有誰能夠活著回來。」

「你不就活著回來了嗎？」李道明說道：「你不想去也行，那我先把你的兒子殺掉，再把你那漂亮的老婆賣到妓院去。想不到你一個五十多歲的老頭子，能娶到這麼一個漂亮的女人，還替你生了一個兒子，這可是你前世修來的福氣呀！」

趙二被李道明的話擊中了要害，他望了一眼被兩個壯漢逼住的老婆和兒子，歎了一口氣，低聲說道：「好吧，我答應你！」

苗君儒要想去尋找寶藏，就必須停止授課，那樣就會打亂學校的教學計畫，如果沒有正當的理由，學校是不會同意任何人輕易停課的，所以他必須提出申請外出考古。他離校期間，所教的課程，可由廖清和另外一個考古學教授替代。

教授外出考古，學校都會安排學生跟著出去實習，但是這次，苗君儒拒絕帶學生出去，只說是一個人外出。此前，他也曾獨自一人去過西藏和新疆進行考古工作。見他不願意帶學生出去，校方也不勉強。

幾個得到消息的學生找到苗君儒，要求一同前往，被他拒絕了。

苗君儒從學校出來，正要去找林卿雲，突然從旁邊過來兩個男人，一左一右挾持住他，同時一個硬梆梆的東西頂在他的腰上。

其中一個男人說道：「苗教授，我知道你會一些拳腳功夫，雖然動起手來，我們兩個不一定鬥得過你，但你千萬不要亂來，你的拳腳再快，也沒有我的手指頭快！」

「你們想幹什麼？」苗君儒問。

「我們老闆想見你！」那個男人說。

苗君儒被這兩個男人推上了停在旁邊的一輛車子，上車後，他的眼睛被人蒙住，車子迅速啟動。

一個多小時後，車子停住，苗君儒眼睛上的黑布被人摘去，他走出車子，見已經到了北平的郊區，身處在一個小四合院裏。

「請！」那個男人做了一個請的手勢，並在前面領路，替苗君儒打開了主屋的門。

苗君儒走了進去，見一個穿著絲綢長衫的老頭子坐在太師椅上，正在吸水煙，質地考究的銅質水煙壺上，掛著一個羊脂玉吊墜，一看就知道價值不菲。屋裏的擺設較為簡單，但每一樣傢俱都是精雕細琢出來的，花紋圖案不失氣派。牆上掛著幾幅明代的山水畫，襯托出屋子主人的修養與家風。

「苗教授，你來了！」老頭子放下手中的水煙壺，指著牆上幾幅畫問，「麻煩你幫我看看這幾幅畫！」

苗君儒走到那些畫的面前，一一看了一遍，說道：「除了這幅藍瑛的《秋山聽泉圖》是真品外，其他幾幅，都是贗品！」

老頭子的眼睛頓時一亮，問道：「你何以認定這幅《秋山聽泉圖》是真品？」

苗君儒說道：「這幅《秋山聽泉圖》用筆頓挫有致，疏秀蒼勁，且落筆縱橫奇古，風格秀潤，畫面色彩以青綠為主，畫法工細，色調濃麗，點染別致，正是他的晚年之作！而另外幾幅文徵明和沈周的山水圖，是後人的臨摹之作。就拿那幅文徵明的《修竹仕女圖》來說，也算是臨摹裏面的上等作品，只可惜臨摹者只注意到了文徵明的畫風，忽略了他的書法。」

老頭子笑道：「不虧是一流的考古學家，無論什麼東西，一眼就能夠看出真偽來，佩服，佩服！」

苗君儒望著那老頭子，問道：「你是誰，為什麼要派人把我劫持來到這裏？」

「請坐，」老頭子示意苗君儒坐下，立刻有一個女傭人端上來兩杯茶。

苗君儒坐下後，老頭子說道：「衡源齋的李道明是不是要你和他一起去尋找寶藏？」

苗君儒冷笑道：「想不到你的消息還挺靈通的嘛！我已經把圖給了他，有什麼事情就直說吧，我可不喜歡拐彎抹角的人。」

「好，爽快！」老頭子說道：「你知道東陵事件中的李子新嗎？」

「難道你就是李子新？」苗君儒問道：「李子新不是被槍斃了嗎？」

一九二八年秋天，原奉系軍閥孫殿英借軍事演習之機，率部開進東陵，準備伺機盜掘清乾隆皇帝和慈祥太后陵墓。盜墓前，孫殿英的心腹團長張厚歧請來了一個盜墓高手，這個人就是李子新。在李子新的指導下，他們找到了墓道入口，並成功避開墓中的暗器機關，進入墓室偷盜珍寶。

盜墓消息傳出後，舉世震驚。國內愛國志士和團體紛紛要求查明真相，嚴懲罪犯；滿清皇族遺老以及溥儀等人上告到蔣介石那裏，要求嚴懲孫殿英。社會各界也紛紛聲討，此事一時轟動全國。孫殿英覺得事態嚴重，為逃脫罪責，他將盜墓的行徑推到張厚歧和李子新的身上，當眾將二人槍決。自己卻逍遙法外，未受任何懲處，最後此案不了了之。

苗君儒研究過那件事，明清王陵在建築和防盜上，都達到了很高的水準。據說孫殿英挖開東陵的時候，損失了一個營的兵力。另有消息說，進入墓道並沒有死幾個人，那些死的人是在爭奪裏面的財寶時發生了內訌，被孫殿英滅了口。憑墓道內的機關，若沒有李子新的相助，孫殿英就是再塞進去一團人馬，也未必能夠得手。

對於李子新這個人，相關的新聞中只提到這個人的名字，並沒有過多的背景介紹。

李子新乾笑道：「死的那兩個人是替身，孫軍長還是很講義氣的！」

民國政府黑暗到什麼程度，苗君儒也清楚，他不想去知道這件事的真相，只想知道李子新找他來，究竟有什麼企圖。

李子新接著說道：「我知道你過幾天要和李道明去尋找李元昊王陵的寶藏，好幾個人也在盯著你們，就算有藏寶圖在手，也不能找到李元昊王陵的寶藏。」

苗君儒問道：「你的意思是還有別的線索？」

李子新說道：「藏寶圖只是指出藏寶的大概區域，塞外比不得內地，莫說是上千年的痕跡，就是兩三年內的墳墓，經過幾陣風沙，也會轉移了地方。」

李子新說的倒是實情，荒漠地帶的風沙很大，有時候一整夜就可以將一座山丘吹平，雖說深埋在地下的東西不會轉移太大的位置，但是原先地表上的那些河流與山坡，已經完全改變。若真照著藏寶圖去尋找，還真的不一定找得到。

苗君儒問：「按你的意思，要怎樣才能找得到？」

李子新說道：「你應該知道李元昊與大唐之間的淵源，對袁天罡和李淳風這兩個人也不陌生吧？」

李元昊的先祖是黨項族人，是北魏鮮卑族拓跋氏之後，唐朝的時候被賜李姓，所以姓李。至於袁天罡和李淳風二人，是唐朝的一代術數大師，精通風水相術星象命理之術，能未卜先知。

據說從唐高祖開始，三代皇陵所寢之地，都是此二人看的風水。袁天罡最著名的未卜先知，就是預測「唐三代後將有女主天下」，奇蹟般的預測了武則天取代李唐王朝，成為一代女皇。

但是袁天罡和李淳風二人，與李元昊之間，又有什麼聯繫呢？

苗君儒突然想到，李元昊建國之時，雖然大唐已經亡國近百年，但他仍敬仰大唐，並不服大宋，私下裏，他也曾將自己與唐太宗李世民相提並論。以他的行事風格，何曾不想將自己的陵墓建得跟昭陵一樣呢？

李子新說道：「一年前，我哥命我去昭陵尋找袁天罡的真正墓穴所在，拿到那塊天宇石碑！」

「李子衡是你哥？」苗君儒吃驚不小，想不到李子新和李道明還有這層叔姪關係。

苗君儒也聽說過天宇石碑，據說袁天罡和李淳風二人運用占星術，將星宿變化刻在一塊天外玄石上，這塊神奇的天外玄石，在不同時段，不同季節，與天上星辰變化保持一致，是一塊不可多得的人間至寶。關於天宇石碑的事情，也只是民間傳說而已，考古學和歷史學這兩大科學領域，至今都沒有找到相關的資料，證明這塊石碑的存在。

李子新點點頭，說道：「本來我打算拿到石碑，就去安西和他會合，趕在六月廿二夏至這天到達陵墓所在的地方，只有倚靠天宇石碑，才能找到寶藏的入口。可是誰也沒有想到，我……」

李子新突然頓住，臉上出現極其恐懼的神色，嘴巴微微張開著，目光也變得癡呆起來。

苗君儒也驚住了，像李子新這樣的盜墓人，什麼樣恐怖的事情沒有經歷過，居然也有如此害怕的時候？

時間已經過去了一年多，想不到現在談起來，還令他那麼恐懼，莫非他遇到了常人所無法想像的事情？

苗君儒輕聲問：「你遇到了什麼？」

「太可怕了！」李子新的目光仍那麼茫然，口中喃喃自語：「他們……他們全死光了，那東西……那東西……什麼都不怕……我……我……」

他一口氣沒有接上來，兩眼往上一翻，暈了過去。

苗君儒忙叫道：「快來人，快來人！」

從外面衝進來兩三個人，見狀忙扶住李子新，又是揉胸又是掐人中，折騰了好一陣子，李子新才緩過氣來。

苗君儒望著李子新那慘白的臉色，對方在昭陵尋找袁天罡的真正墓穴時，究竟遇到了什麼可怕的東西，以至於嚇成這樣？

李子新的身體幾乎癱軟在椅子上，如同生了一場大病。

過了半個多小時，李子新才啞著聲音說道：「我總算是撿回來一條命，這一年來，我幾乎每天晚上都會做噩夢，去年在那裏發生的事情，我連想都不敢想！」

苗君儒本想問李子新到底看到了什麼東西，但是他不想再刺激這個老人，於是換了一個話題，說道：「你叫我來就是想告訴我這些？」

李子新說道：「要想找到寶藏，必須找到那塊天宇石碑！」

苗君儒問道：「你的意思是，我們必須去那裏，拿到石碑後才能去塞外尋找寶藏？」

李子新點頭，拿出一封信，說道：「那個古墓的位置我都已經寫在上面了，只有在夜晚子時，墓門才能開啟，是死是活，就全靠你們的造化了！」

苗君儒接過那封信，正要打開看，不料李子新說道：「等到了那裏再打開吧！現在是陰曆五月初十，你們可以在十五那天晚上進去，那可是最好的時機！一個月之後，你們完全可以在六月廿二那天趕到李元昊的藏寶所在。」

苗君儒沒有說話，將那封信收好。

李子新說道：「你是聰明人，應該知道我是一個死了的人，千萬不要對別人說我還活著，否則死的就是你。」

苗君儒也明白為什麼那兩個人在綁架他來的時候，要蒙著他的眼睛，原來是不想讓他知道這裏是什麼地方。

「你們送苗教授回去，」李子新對站在旁邊的那兩個男人說。

和去的時候一樣，苗君儒被那兩個男人蒙著眼睛，送回到學校門口。這一來一去，花了好幾個小時，見到了一個已經死掉的人，如同做了一個夢，但是口袋裏卻多了一個信封。

李道明從神龕的後面拿出一封信，那是他祖上留下來的。從小時候開始，每當遇到大事，他都看到父親拿出那封信來看，現在輪到他了。

信紙寫了六頁，顏色有些發黃了，但是字跡還是可以看清楚。前面的家訓內容他不感興趣，直接看後面的。

當年曾祖父陪著別人去盜墓，見那人盜出了好東西，一念之下才將對方殺死，後來覺得有愧於對方，於是秘密找到那個人的後代，救濟了一大筆錢。在信中，曾祖父要後代子孫嚴守秘密，並說只要精通了這兩本奇書，天底下沒有打不開的墓穴。

最後那頁紙竟是他父親李子衡一年前留下的，他剛看了兩行字，眉頭就緊鎖了起來。

信是這樣寫的：

道明我子，如你看到此信，證實我與你妹已遭大難，尋寶之路兇險萬分，單憑藏寶圖，縱然找到寶藏所在之處，亦無法找到入口，還需袁天師之天宇石碑相助；我帶人先行探路，你叔帶人前往昭陵，尋找袁天師真墓所在，取出石碑，與我於安西會合……

原以為憑著那張藏寶圖，就可以找到寶藏，想不到還要去尋找什麼天宇石碑。七年前，叔叔李子新因為協助孫殿英挖開東陵，事後被正法，可是照信上所說，難道叔叔並沒有死嗎？

他已經詳細問過趙二，知道父親確實在安西停留了半個月之久，但隊伍中並沒有外人加入，也就是說，父親並沒有等到叔叔。

只有一種可能，那就是叔叔在挖天宇石碑的時候，出了意外。李家幾代人盜墓，從未失手。是什麼原因導致了叔叔失手呢？

天宇石碑究竟藏在一個怎樣神秘的地方？

他繼續往下看：

……依藏寶圖所示，寶藏入口處，

應在北方斗、牛、女、虛、危、室、壁七宿交叉的正點處，

必須選擇陽氣最旺的時候開啟，也就是夏至的正午時分，

引童男之血祭天，借天宇石碑之神力，找到寶藏入口……

最後的這段文字，好像是父親在教他怎麼樣找到寶藏的入口。一年前，父親就似乎預感到無法回來。

他突然想到：既然沒有等到天宇石碑，為什麼父親還要繼續前行呢？為什麼不與叔叔一同去挖天宇石碑，而要分成兩批人？

他已經組織好了人馬，有三十幾個人，在武器上，配有二十條長槍，四挺機槍，十五把快慢機盒子，另外還準備了不少對付邪術的東西，他倒想見識一下，去年殺死他父親的那幫人，究竟是人還是魔鬼。

沿途他必須經過昭陵，找到袁天罡的真墓，挖出天宇石碑。

苗君儒和李道明並排坐在一輛中吉普的後座，在他們的身後，跟著兩輛美國的道奇大卡車，車上都是李道明的人。

離開北平的時候，苗君儒想去找林卿雲，想要她同行，可是還沒有容他去通知她，就已經被李道明拉著上路了。還好他的兒子苗永健不知道他要出去考古的消息，否則又要跟著去了。他以前出去考古，很多次都帶著苗永健。

車隊出了北平城，向西而去。

李道明一邊觀賞沿途的風景，一邊對苗君儒說道：「苗教授，不知您有沒有聽說過天宇石碑？」

要想找到寶藏入口，必須有天宇石碑相助，這話李子新已經對苗君儒說過，現在李道明提起來，並不足為奇。李家的人當然也知道天宇石碑的存在。

苗君儒回答道：「你是指傳說中袁天罡和李淳風留下的那塊石碑？」

李道明說道：「很多傳說中的事情都是真的，有些事情不由你不信。」

苗君儒點頭，作為考古學者，也明白歷史上很多事情的真相，早已經埋沒在歲月的長河中，已經無從稽考，但是流傳在民間的傳說，有時候也成為科學論證的依據。他問道：「你有什麼辦法能夠找到那塊石碑？」

李道明說道：「一年前，我父親曾經派人去找過，可惜沒有找到，他也沒有給我留下相關的線索，所以我只有靠你了！」

李道明並沒有說出去找石碑的人是他的叔叔李子新，自然也是不想讓別人知道他叔叔沒死的事情。

「我只是個考古學者，尋找墓穴那樣的事情，並不是我的專長，」苗君儒說道：「你不是有那兩本奇書嗎？」

李道明說道：「我父親只教我如何做生意，他不想我去做那樣的事情，那兩本奇書，我也只是見過，並沒有去研究。你要看的話，我可以給你看！」

苗君儒沒有再說話，難怪李子新得到他與李道明要去尋找寶藏的消息後，派人將他劫去，告訴他如何找到袁天罡的真墓所在。

在相關的歷史中，袁天罡死後被安葬在少陵原畔。在少陵原那座凸起的小山坡上，確有一座唐代的墳墓，墓碑上文字及墳墓周邊的兵馬石像，無不告訴世人，墳墓的主人就是大唐天師袁天罡。

誰也沒有想到，像唐太宗的那些開國功臣一樣，袁天罡生前侍奉唐太宗，早就對自己的身後事做了安排，死後秘密安葬在昭陵的旁邊，繼續侍奉先皇。也許為了防止有人打他的主意，所以在少陵原立了個疑塚。

李道明看到苗君儒一副沉思的樣子，便問道：「你在想什麼？」

苗君儒回答：「我在想那張藏寶圖，為什麼每次出現，都有人死。」

李道明笑道：「難道你還不相信是魔鬼殺人？」

苗君儒反問：「難道你信嗎？你應該知道為什麼碰到那張藏寶圖的人，都會發瘋撞牆，可是沒有碰到的呢？」

李道明斂住笑容，聲音低沉下來：「原來你已經解開了藏寶圖殺人的秘密！」

苗君儒問：「你說，那些無辜的人是誰殺的？」

李道明望著車窗外，說道：「你問我，我問誰去？」

「我會找到答案的，」苗君儒說道。

車隊到達河北涿鹿縣的時候，突然從後面追上來一輛車子，苗君儒看到，那開車的居然是林卿雲，林卿雲的身邊坐著她的弟弟林寶寶，後面還有兩個穿著學生裝的男青年。他認出那是他的學生，一個叫周輝，另一個叫劉若其。

周輝和劉若其是他眾多學生裏最出色的兩個，這次他們得到他要出去考古的消息，堅持要跟隨老師前行，被他拒絕。想不到這兩個人居然找到了林卿雲，幾個人一齊追了上來。

「苗教授，」周輝和劉若其一同向苗君儒打招呼，「我們知道您已經出發，就和林卿雲趕上來了。」

「他們是我的學生，」苗君儒對李道明說道：「我不願意他們來，想不到他們還是追來了！」

李道明說道：「既然來了，就一起走吧，多一個人多一份力量！」

苗君儒說道：「你也知道我們這一趟有多麼的兇險，萬一他們兩個有什麼意外的話，我無法向學校交代，我要對他們負責的。停車！」

後面那兩個字是苗君儒對開車司機說的，兩輛車子幾乎同時停住，跟在後面的大卡車也停住了。

苗君儒下了車，來到周輝和劉若其他們面前，說道：「你們回去吧！」

周輝叫道：「苗教授，為什麼不帶我們去，您以前都願意我們跟著您的。」

苗君儒說道：「這一次跟以前不同，有生命危險的。」

劉若其說道：「苗教授，您早就對我們說過，考古工作本來就有很大的危險性，我們早就有了心理準備，再說我們已經出來了，而且廖教授也知道！」

「混帳！」苗君儒也不知道在罵誰，廖清並不知道此行去哪裏，去做什麼，她同意學生跟出來，也是情理之中。再說了，站在她的立場上，她也希望苗君儒身邊有兩個得力的學生，最起碼可以照顧他。

一見苗君儒發火，周輝和劉若其頓時不吭聲了，用求救的目光望著林卿雲。

苗君儒望著林卿雲：「你也是，你一個人追來也就算了，怎麼把你弟弟也帶出來了？」

他和林卿雲有過協議，是想借這次考古之行查出殺人的兇手。現在他們離開北平，背後不知道有多少雙眼睛盯著他們，兇險可想而知。

林卿雲穿著一身獵裝，腳下蹬著長筒馬靴，襯托出精幹曼妙的身段來，她依在車門邊，微笑道：「別忘了他是怎麼把東西送到你手上的！」

一個八歲大的小孩子，能夠想到從狗洞中鑽出去，並且逃過別人的追殺，成功將藏寶圖交到他的手上，那份機靈確實不是一般的孩子所具備的。

林寶寶從車內跳出來，跑到苗君儒面前，拉著苗君儒的手撒嬌道：「你就讓我們去吧，我答應了小梅，說要帶好東西給她看的，男子漢大丈夫說話要算話！」

見苗君儒不開口答應，林寶寶哀求道：「乾爸，您從現在就教我學考古，我這就拜師總行了吧！」說完倒頭就拜，一連叫了幾聲老師。

「你快起來，」苗君儒想不到林寶寶會來這一招，頓時不知道怎麼樣才好。

「乾爸，你要是不讓我們去的話，我就跪著不起來，」林寶寶一臉正經的樣子，仰著頭望著苗君儒。旁邊幾個人忍不住笑出來，苗君儒被弄得哭笑不得。也不知道他這套拜師禮，是從哪個私塾裏學來的。

李道明從後面走過來，笑道：「苗教授，我可要恭喜你呀！收了一個這麼聰明的乾兒子。」

苗君儒苦笑道：「這是哪跟哪呀？」

李道明對林寶寶說道：「我看呀，你也不要叫乾爸了，乾脆叫爸吧，跟他姓苗！」

林寶寶當即叫了好幾聲「爸」，說道：「我以後不姓林，改姓苗，叫苗寶寶。」

李道明低下身子，對林寶寶說道：「我替你爸答應你，總行了吧？」

「不行，要我爸親口告訴我！」林寶寶認真地說。

李道明對苗君儒說道：「看來我說話還不如你，你說一聲吧！既然來了，就一起去吧，就是死，大家也死在一起。」

苗君儒想了一下，對林寶寶道：「好吧，你起來，我答應你，不過我有一個條件！」

林寶寶起身說道：「只要能讓我們一起去，什麼條件都行。」

苗君儒對林寶寶說道：「遇到什麼事情，必須聽我的話！」

林寶寶叫道：「不聽你的話，我聽誰的呀？」

苗君儒接著對周輝他們說道：「還有你們三個，都必須聽我的。」

李道明說道：「好吧，大家不要耽誤時間了，我們儘量在天黑前趕到陽原縣！」

林寶寶對林卿雲叫道：「姐姐，你那個車子裏面太悶，我要和我爸坐在一起！」

李道明笑道：「苗教授，這個小鬼還真的賴上你了！」

大家各自上車，林寶寶擠在苗君儒和李道明的身邊，車隊繼續前行。一路上，林寶寶對周圍的一切感到很新鮮，不住地向李道明問這問那，到後來，李道明都有些煩了，只顧望著車外的景色，不再理他。

突然間，苗君儒的手裏多了一張字條，字跡娟秀：苗教授，我查到七年被槍斃的李子新並沒有死，這件事可能與他有關。

是林卿雲寫給他的。想不到林寶寶還起到信使的作用，這個小傢伙聰明伶俐，還挺會辦事的。

苗君儒看完後，隨手將字條揉成一團，丟了出去。

天黑之後，車隊趕到了陽原縣。在李道明的安排下，所有的人在一家旅館住了下來。吃晚飯的時候，李道明帶著苗君儒去赴宴。在縣城最好的酒家，由縣長和幾個當地有勢力的鄉紳陪著。

李家的生意做得大，走到哪裏都有朋友。在宴席上，李道明向大家介紹苗君儒的時候，只說是生意上的夥伴，這次一同出來收點貨。

吃完飯回到旅館，進門的時候，苗君儒看到門口的地上躺著一個老乞丐，他頓時心生憐憫，從口袋中掏出一塊大洋，丟到那老乞丐的破碗裏。

李道明笑道：「這年頭，走到哪裏都有老乞丐，你打發得起嗎？」

那老乞丐撿起大洋，朝苗君儒磕了一個頭。

李道明說道：「你先上去吧，我還有點事情！」說完，朝樓下那些隨從的房間走去。

苗君儒上了樓，想找林卿雲聊一聊，但見林卿雲的門口守著兩個大漢，心裏清楚李道明已經防了一手。同在一條街上做生意，不可能不認識林福平的女兒。

他轉身進了旁邊周輝和劉若其的門，坐了下來，和兩個學生簡單地談了一下野外考古應該注意的問題，並一再講述此行的兇險，告誡凡事不要亂問，不可獨自離開等等事項。

回到自己的房間後，見林寶寶和一個人在裏面玩得很開心。他認出這人是開中吉普的司機，林寶寶的性格外向，而且會說話，挺逗人的，很快就能和別人玩得很熟。

「您回來了？」司機站起身，說道：「這小鬼非得拉著我和他玩！」

「玩就玩吧，小孩子就這樣，沒有人陪著就不行，」苗君儒笑了一下，「還沒請教你的名字呢！」

「黃桂生！」司機說道：「我在李家開車有好幾年了！」

「哦，」苗君儒隨意問道：「去年你怎麼沒有跟著老掌櫃的去？」

黃桂生說道：「那時候我跟李老闆在重慶！」

說完，黃桂生就出去了。

分配住宿房間的時候，林寶寶鬧著要跟苗君儒一起，大家只得由他，他走到苗君儒面前，低聲道：「老爸，這個傢伙說謊，我從姐姐那裏出來，到老爸房間的時候，看到他在裏面，好像找什麼東西，他見我進來，就說是陪我玩，反正我也沒有人玩，就和他玩嘍！」

「原來是這樣！」苗君儒忙到床邊看帶來的行李，果然有被翻過的痕跡。

藏寶圖已經給了李道明，他為什麼還要叫黃桂生到房間來找東西，究竟是要找什麼呢？

林卿雲洗過澡，穿著一身碎花套裝坐在桌邊，她面前坐著李道明。

李道明瞇著眼睛，「想不到林老闆還有一個這麼迷人的女兒。」

林卿雲問：「你派兩個人守在我門口是什麼意思？」

「為了你的安全呀，」李道明說道：「我們這隊人裏面，就你這麼一個女孩子，而且長得這麼漂亮，我很難保證哪個傢伙不會起色心，三更半夜跑進來把你那個掉！」

林卿雲冷笑：「別以為我是一介弱女子。」

李道明笑道：「我可打聽得很清楚，你們林家行武出身，想必你的功夫也不弱！」

「兩三個普通男人我還是應付得過來的，」林卿雲說道：「你這麼晚到我房間裏來，該不是聊天這麼簡單吧？」

李道明正色道：「林小姐，我只是來告訴你，你父親的死和我無關，如果你想和我玩什麼花樣的話，我奉陪你，不過，有什麼樣的後果我可不敢保證。」

林卿雲笑道：「放心，我只是跟著苗教授學考古，沒有別的想法，我一個女孩子家，能玩出什麼花樣？」

「在江湖上，有一句名言，最好不要去惹女人，尤其是漂亮的女人，」李道明說道：「像你這麼漂亮的女人，一般人可不敢惹！」

林卿雲望著李道明，她的瞳孔在收縮：「所以你最好也不要惹我！」

李道明起身，望著林卿雲高聳的胸部，說道：「你錯了，我最喜歡惹女人，尤其是像你這麼漂亮的女人！」

林卿雲並不介意李道明那色瞇瞇的眼光，問道：「我們要去哪裏？」

李道明說道：「跟著我們走，到了那裏自然就知道了，放心，在我沒有好好享受你之前，是不會把你賣到妓院去的！」

他哈哈大笑著出門，在門口，對那兩個大漢說道：「你們給我看緊點，如果林小姐出了什麼事，我拿你們是問！」

「是，老闆，」兩個大漢同時答道。

林卿雲來到門口，對那兩個大漢輕聲說道：「你們可要把我看好了，萬一我不見了，你們老闆可會要你們命的。」

搜神異寶錄

第四章

昭陵下的古墓

黑暗中出現不少磷火，有大也有小，
大的如同燈籠，小的像螢火蟲。
幾團磷火跟著他們，像黑暗鬼魅的眼睛，讓人毛骨悚然。
苗君儒驚異地發現，所在的地方一半泥土成黑色，
一半泥土成紅色，中間一條S形弧線，將兩邊分開，
看上去，是一副自然形成的陰陽太極圖。

車隊在三日後到達了陝西禮泉縣，這裏距離昭陵還有好幾十里路，這一路上，那兩個大漢對林卿雲都看得很緊。

李道明安排大家住下後，將苗君儒單獨叫了過去，說道：「今天晚上我們就去昭陵。」

幾年前，苗君儒就曾經帶學生去過昭陵考古，還挖出了一些好東西。

昭陵面積兩萬公頃，周長六十公里，是我國帝王陵園中面積最大、陪葬墓最多的一座，也是唐代具有代表性的一座帝王陵墓。有陪葬墓一百八十餘座，主要有長孫無忌、程咬金、魏徵、李靖、尉遲敬德等墓，還有少數民族將領阿史那社爾等十五人之墓。唐太宗能與功臣「相依為命」，既不濫殺功臣，且妥善安置，使能保持晚節，死後還能安葬在一起，這種做法在帝王中實屬罕見。

昭陵依九嵕山峰，鑿山建陵，開創了唐代封建帝王依山為陵的先例。

據史書記載，昭陵工程是由唐代著名工藝家、美術家閻立德、閻立本兄弟精心設計的。其平面佈局既不同於秦漢以來的座西向東，也不是南北朝時期「潛葬」之制，而是仿照唐長安城的建制設計的。長安由宮城、皇城和外廓城組成。宮城居全城的北部中央，是皇帝起居的地方，皇城在宮城之南，為百官衙署（即政治機構），外廓城從東南北三方拱衛著皇城和宮城，是居民區。昭陵的陵寢居於陵園的最北部，相當於長安的宮城，可比擬皇宮內宮。在地下是玄宮，在地面上圍繞山頂建為方型小城，城四周有四垣，四面各有一門。

據史書記載，昭陵玄宮建築在山腰南麓，穿鑿而成。初建時駕設棧道，棧道長四百米，即兩百三十步，文德皇后先葬於玄宮，而棧道並未拆除，就在棧道旁之上建造房舍，供宮人居住，像對待活人一樣對待皇后，待太宗葬畢，方拆除棧道，使陵與外界隔絕。玄宮深七十五丈，石門五道，中間為正寢，是停放棺槨的地方，東西兩廂排列著石床。床上放著許多石函，裏面裝著殉葬品。墓室到墓口的通道上，用三千塊大石砌成，每塊石頭有二噸重，石與石之間相互鉚住。陵墓的外面又建造了華麗的宮殿。

在主峰地宮山之南面，是內城正門朱雀門，朱雀門之內有獻殿，是朝拜祭獻用的地方，及閘闕距離很近。獻殿南面過二十米的場地，是橫向的一條深溝。九嵕山屬石灰岩質，長期遭受高空風雨的剝蝕，山洪沖刷，不僅山陵建築無存，就連原有的山勢形體亦改變了不少。但仍可略辨當年陵寢構造遺留之痕跡。

昭陵屢遭戰亂的破壞，地面建築大多被毀壞了。自從出了孫殿英盜挖東陵的事後，受輿論的影響，國民政府將原本駐守在這裏護陵的那一個營，調往了別處。這樣一來，昭陵遭到前所未有的浩劫，大批盜墓者蜂擁來此，挖開了一座又一座的隨葬墓。兩年前，西北軍閥閻錫山實在看不下去，派了一個團到昭陵來護陵，總算保住了昭陵最後的一點根基。

在昭陵方圓幾十里的區域內，深不見底的盜洞比比皆是，稍不注意掉進去，就很難出來。那一次考古，有個學生不小心掉了進去，大家費了九牛二虎之力才把他救出來，為了防止類似的事情發生，苗君儒在那裏沒待兩天，就帶著學生離開了。

苗君儒看了一下時間，現在是晚上八點多，就算馬上動身的話，趕幾十里崎嶇不平的山路，最快也要四個小時到達昭陵，那樣一來，就錯過了開啟墓門的時間。

「我們等下動身，趁夜避過護陵的軍隊，先找地方住下來，」李道明說道：「明天再尋找袁天罡的墳墓！」

苗君儒沒有說話，所有的行動都是李道明一手安排的。

李道明說道：「尋找墳墓所在，就全靠你了，另外我帶了一個盜墓的高手，他曾經一個人，在一個晚上就挖開了尉遲恭的墳墓！」

李道明說的人是趙二。

「你知道護陵的那個團長是誰？」李道明問。

苗君儒搖了搖頭，他對這些事情不感興趣。

「我早就打聽過了，是林福平的弟弟林武平，」李道明說道：「你那個叫林卿雲的女學生，絕對不只是跟著你學考古那麼簡單。林氏三兄弟，老大林松平，原來也是做古董生意的，一年前失蹤了，至今沒有下落。兩年前林武平帶著那一隊人馬駐紮到昭陵後，林家的店鋪裏就多了不少唐代的古董，你難道說這裏面沒有關係？」

「護墓者盜墓，這在中國古代就是很正常的事情，」苗君儒說道：「很少有墓葬能夠逃得過盜墓者的手。」

「唐太宗的墳墓裏，有不少好東西，林家的人肯定盯上了這塊肥肉，」李道明說道：「要想挖開昭陵，可不是一天兩天的活。」

苗君儒知道李道明的話裏，指的是什麼。他問道：「你為什麼不來挖？」

李道明笑道：「別忘了我是姓李的，說不定我還是他老人家的第幾十代孫呢，盜墓人有盜墓人的規矩，同姓墓葬不挖，說不定是在挖自己的祖墳。」

夜晚的昭陵，顯得更加肅穆，靜得讓人心驚膽戰。每個人都能聽得到自己的心跳。

他們一行十幾人，帶著盜墓的工具，趕了幾十里的山路，在山下繞過西北軍的關卡，由一條小路上了九嵕山。領路的是趙二，在他的身後，跟著兩個提著盒子槍的壯漢，其餘的人跟在後面。

臨行前，李道明不讓苗君儒通知那幾個學生，說是人多了反而不好。苗君儒也不想他的學生有什麼意外，何況李子新說在這裏遇到了很恐怖的東西，除李子新逃出生天外，其他人全都死了。

以前那些盜墓人蜂擁至此，各顯神通展開一場盜墓大賽，有的盜墓人在挖出東西後，被同伴滅了口，還有的為爭奪一個墓穴，鬧起了火併。那些人死後，屍骨並未被同伴埋葬，而是露天丟在那裏，一到晚上，磷火搖曳，忽明忽暗，更增添了幾分恐怖的色彩。

「咔」的一聲，一個大漢踩到了一具骸骨，將骸骨的大腿骨踩斷。那大漢忙低下身，朝那具骸骨拱了幾下手，口中嘀咕道：「老兄對不起呀，我是無意的！」

「媽的，什麼對不起？我就不信這個邪！」另一個壯漢罵著，一腳將那具骸骨踢到旁邊，突然，他抱著腳大叫起來。

苗君儒近前一看，見這個壯漢的腳被什麼東西割開了一個大口子，鮮血從裏面湧出來。再一看地下，有一個黑乎乎的東西，他撿了起來，是一把短刀。那具骸骨生前被人殺了後，短刀就留在身上了，人雖腐爛但是刀未腐。這個壯漢在踢開骸骨的時候，沒有看到骸骨上面的刀，不巧踢在刀刃上。

這個壯漢突然痛苦地大叫起來，眼看著那腿越來越粗，肌肉越來越黑。從傷口留出來的血也變成了黑色。

「他中了屍毒！」苗君儒說道。屍毒是民間的說法，其實是屍體在腐爛過程中產生的東西，是一種對人體血液有極強破壞性的細菌。若人體皮膚沒有傷口，這種細菌倒是無法侵入人體，可是一旦侵入人體，若不及時處理，會導致全身的血液感染，內臟器官壞死。作為考古學者，他以前在接觸古代人的骸骨時，都會小心地做好消毒措施。

他將身上的背包拿下來，正要為壯漢處理傷口。卻見壯漢的肚子也腫漲了起來，從嘴巴裏往外大口大口吐黑水。他大驚，忙拿著背包退了幾步。他以前見過中了屍毒的人，只要處理得及時，應該會沒事。屍毒的蔓延有一個過程，但絕對沒有眼前的這麼快。

那壯漢已經停止了呼吸，身上的肌肉迅速變黑並萎縮下去。其他人見狀，嚇得逃開來。

身為盜墓者，最忌諱的就是對死人不敬。按盜墓的規矩，在進入墓室後，都會點起三支香，表示對死者的尊敬，即使從死者身上掠取財物，也不會亂動死者的骸骨。

「該死！」李道明罵了一聲，吩咐另幾個人，用鏟子挖了一個淺坑，將死去的壯漢和那具被踢開的骸骨一同埋了。

經歷了此事，大家走路變得小心起來，遇到骸骨也是小心地繞過去，不少人還對骸骨拱手，說上幾句安慰自己的話。

黑暗中出現不少磷火，有大也有小，大的如同燈籠，小的像螢火蟲。有幾團磷火跟著他們，像黑暗中鬼魅的眼睛，讓人毛骨悚然。

他們走上一道山坡，站在一處石台的地基上。這裏原來是祭台所在，是唐朝後代皇帝和公卿祭陵的地方，本來旁邊還有一些房屋和宮牆，但都毀於歷代戰火，只剩下殘垣斷壁。

此時，月已上中天，月光皎潔，站在這裏，可以看得到對面的九嵕山及周圍山巒，九嵕山見山勢面南背北，外形呈馬鞍形（當地俗稱筆架山），南面山體兩側岩層伸出，呈簸箕形狀，形成左青龍，右白虎之勢；四周山勢陡峭凸凹不平，奇峰突兀，山下河流蜿蜒而過。苗君儒數了一下，以九嵕山為中心點，左十四右十四，剛好廿八座山峰，迎合了上天廿八宿。若照風水地理學說看來，這裏乃是一個藏風聚氣的上等龍穴所在。這廿八座山峰，就像廿八位朝中大臣，侍奉在唐太宗的身邊。

「我們今天晚上就在這裏宿營！」李道明開始吩咐那些人整理帶來的東西，打算在這些殘垣中找一處避風的地方，暫時安頓下來。大家走了這麼久，也都有些累了。

苗君儒想起了李子新的話，趁李道明不防備，忙從內衣袋中拿出那封信，打開，火光下，見是十六個字：月上中天，黑氣所在，懸崖之下，李勣之側。

他看完後，就著火把將信燒了。

李勣，原姓徐，名世績，字懋功，亦作茂公。因唐高祖李淵賜姓李，故名李世績，後被封為英國公，是凌煙閣二十四功臣之一。他出將入相，位列三公，極盡人間榮華。歷事唐高祖、唐太宗、唐高宗（李治）三朝，深得朝廷信任和重任，被朝廷倚之為長城。

李勣死後，高宗親為舉哀，輟朝七日，贈太尉，諡曰貞武，陪葬昭陵。墓為三個相鄰的大夯土堆，俗呼山塚。三土堆象徵陰山、鐵山和烏德鞬山，以表彰李績破突厥、薛延陀之功。後武則天建立大周朝，其孫子李敬業反叛，被平定後，武則天下詔追削李敬業祖、父官爵，刨墳斫棺。李勣墓當時就被挖開，只剩下三堆封土。但是據民間傳說，武則天考慮到李勣墓在昭陵龍穴的心臟部位，恐傷及龍脈，於是下旨命令挖墓的千牛衛將領，只需挖開墳墓即可，不得進入墓穴，所以墓葬內的東西並未有多大的損失。歷年來不少盜墓者，也從裏面挖出了不少好東西，證明當初武則天確實沒有真正對李勣刨墳斫棺。以武則天的為人，對待死去的政敵，無不刨墳斫棺，拋枯骨於荒野，為何獨獨放過了李勣，此舉確實令人費解。

據史料記載，李勣為人小心謹慎，對於皇帝家事一概不過問。後世人對他不反對高宗立武后一事頗有微詞，但是以他的為人處事，心知皇帝椒房內事，外臣權位再高，血緣再親，摻和入宮闈之事無論成敗，最終難逃一戮。他親見房玄齡、杜如晦、高士廉等人辛苦建立門戶，可後輩子孫卻慘遭屠戮，弄得家破人亡。也預感到後輩兒孫肯定會有橫禍，擔心累及祖宗，死後會被刨墳。

他生前與袁天罡交往甚密，而袁天罡精通天文地理，在昭陵選址的時候，已經替自己選好了一塊安身之地。以他們兩人的交情，袁天罡何曾不會替這位好友找到一處真正能夠安身的地方呢？所以，民間傳說，也有一定的道理。

按現實情況，李勣墓應該在距離二十多里地的煙霞村旁邊，可是那裏並沒有什麼懸崖呀！難道真正的李勣墓並不在那邊，而是在這廿八座山峰的某一座下面？如果是那樣的話，當初武則天刨墳斫棺，就已經猜到那裏並不是李勣的真墓，所以命千牛衛將領只做做樣子，她也落下一個體恤功臣的好名聲。

苗君儒仰著頭，看著那些山峰及天空的月亮星辰，突然，他看到昭陵右面第六座山峰和第七座山峰之間的峽谷裏，有一道黑氣直沖天宇。

如果照李子新那封信中所說的，那麼，那裏應該就是袁天罡的真墓所在了。

令苗君儒不解的是，李子新在那封信中，完全沒有必要提到李勣的真墓，只要告知袁天罡的真墓就在黑氣沖天的山谷裏，就可以了。

李子新為什麼要多此一舉呢？

「苗教授，你在想什麼？」李道明走過來問，「是不是看出了這裏的玄機？」

「你看那邊！」苗君儒指著那邊的山谷對李道明說，「袁天罡的真墓就在那座山谷裏！」

李道明似乎吃了一驚，說道：「你在這裏看了一會兒，怎麼就能確定袁天罡的真墓就在那裏？我還以為至少要找一天呢。」

「信不信隨便你！」苗君儒說道。

「我信，我當然信，要不我怎麼會找你來呢！」李道明看了看那邊的山谷，說道：「從這裏過去，至少有五六里地，我們現在就過去嗎？」

「五六里地，一個小時應該可以走得到！」苗君儒說道：「我們最好現在就過去！」

李道明問道：「那股沖天的黑氣，是什麼東西所致？」

苗君儒說道：「我也不知道，到了那裏不就明白了嗎？」

李道明思索了一下，對旁邊的人說道：「今天晚上不在這裏住了，去那邊！」

一行人朝沖天黑氣的山谷走去，行不了多遠，領頭的趙二見他們前面不遠處的山道上，出現了幾支火把，嚇得叫了一聲，「有軍隊！」忙將自己手中的火把在腳下踩滅。

李道明朝那邊看了幾眼，罵道：「怕什麼，軍隊都是駐紮在十里外的地方，怎麼會到這裏來？那邊才三個火把，充其量不過幾個人，我們有這麼多人，說不定也是和我們一樣，也是來找東西的。我們繞過去就是了！」

聽他這麼一說，大家的心安定下來，繼續前行，走另一條山道，和對面的那批人錯開了。下一道小山坡的時候，聽到走在邊上的一個壯漢發出「哎呀」一聲，大家扭頭去看，那個人已經不見蹤影了，所處的地方出現一個黑洞。

那是盜墓人留下的盜洞，那個壯漢一定掉到裏面去了。

「不要管他，快點走！」李道明催促道，「注意腳下，別他媽的那麼倒楣！」

快走到那處山谷的時候，苗君儒看到從山谷裏冒起的黑氣，漸漸地弱了下來，最後竟然消失了，而此時，月已西斜。

李道明也看到這一景象，說道：「奇怪，那股黑氣不見了！」

終於來到離谷口不遠的地方，見這裏有一塊寸草不生的平地，約莫兩百個平方大小，成圓形，剛好可以用來宿營。

走了大半夜，大家都很累了，再說也不清楚谷內的情況。因為不久前看到了那股黑氣，還有李子新說過的話，苗君儒也不敢冒然進谷，只有待天亮後，進一步看清周圍的情形，才能行動。

天亮後，苗君儒驚異地發現，他所在的地方，有一半的泥土成黑色，一半的泥土成紅色，中間一條S形弧線，將兩邊分開，看上去，是一副自然形成的陰陽太極圖。

陰陽太極圖在很大程度上是和風水有關的，苗君儒自然想到了袁天罡。如果說袁天罡的真墓就在這山谷裏，那麼李勣的真墓又在哪裏呢？

站在谷口，苗君儒看著兩側的山峰高入雲端，往下盡是懸崖峭壁，谷內怪石嶙峋，枯木叢生，一看就知道是個兇險的去處。谷內不斷有帶著腥味的山風吹出來，令人遍體生涼，時值已經入夏，大家身上只穿著一件單衣。在谷口站了一會兒，便覺得寒冷刺骨，身上起了一層雞皮疙瘩。

「這裏面難道有一個大冰窖，怎麼吹出來的風那麼冷？」一個壯漢問道。

在谷口的亂石叢中，還發現十幾具骨骸，大多數骨骸的骨頭通體黑色，好像是中了劇毒，而且已經腐朽，用東西一碰，就散開了。但是另有兩具骨骸的骨頭卻是白色，苗君儒看了一下那兩具骨骸，微微皺起了眉頭。

這時候，有人叫起來，「張洋與徐強不見了！」

昨夜大家休息後，苗君儒命兩個人負責看夜，那兩個人正是張洋與徐強。大家忙在周圍一番查找，並不見二人，生不見人，死不見屍。

苗君儒望著那兩具骨骸，他用手中的枯枝碰了一下骨骸，見這兩具骸骨並不像其他的骸骨一樣，一碰即散。

「他們兩個人會不會就是張洋與徐強？」有人問。

「也不是沒有這個可能，」苗君儒說道：「我當年在新疆考古的時候，就曾經見到過一種食肉蟻，能夠在一個小時內，把一個活生生的人變成白骨！」

李道明問道：「你的意思是，這裏也有食肉蟻？」

苗君儒說道：「我想不是，食肉蟻在吃人的時候，那個人會發出慘叫，而且聲音很大，但是我們並沒有聽到他們兩個人的叫聲呀！」

「也許我們都睡熟了！」有人說。

「不可能每個人都睡得那麼熟！」苗君儒說道：「你們看，這兩具骨骸的胸部肋骨，有斷裂的痕跡，說明他們生前是被人殺死的，如果單從腐化的程度看，應該有一年以上的時間。」

李道明問道：「難道是一年前我叔父帶來的人？」

「有可能，」苗君儒說道：「但是我們無法知道，是什麼人殺了他們！」

他抬頭看了看天色，接著說道：「我們進谷去看看！」

李道明留了兩個人在谷口，其他人進去。進谷前，每個人都加了一件衣服，趙二仍舊在前面探路。谷內並不平坦，有小溪流在亂石間穿流而過，溪邊長著一些雜草，偶爾有幾朵長得很豔麗的野花。

走不了多遠，便見亂石中有不少黑色的骸骨，而且早已經腐朽，想必都是以前那些盜墓人留下的，且都是中毒而死，至於他們的死因，只有老天才知道。

進到谷內後，苗君儒覺得很奇怪，這谷內與谷外完全是兩個世界，在谷外，可以聽到樹林中傳來此起彼伏的鳥鳴聲，使這偌大的陵園好歹有了一絲生氣。可是進入谷內後，聽不到半點聲音，四周如同死了一般的沉寂。而氣候完全不同，儘管加了衣服，但仍然感到越來越冷。

他們感覺就像走進了地獄，隨著看到的骸骨越來越多，一種令人窒息的壓迫感緊緊地攫住了他們，一個個面露懼色。

「大家不要怕，現在是大白天，有什麼好怕的？」李道明說著，拔出了身上的槍。其他人也學著他，將傢伙緊緊地抓在手裏。

往前走了一段路，果然見到懸崖底下有一處兩米高的土堆，與時下普通人的墳墓並沒有什麼兩樣，前面並沒有任何墳墓的標誌。大家來到土堆前，見地上又有不少骸骨，但是土堆的周邊並沒有一個盜洞。

難道這裏就是李勣的真墓？

堂堂的三朝元老，一代國公，死後居然就被葬在這樣的地方。

苗君儒站在墳墓的頂部，朝谷口望去，一眼就看到了對面九嵕山上的昭陵。想不到袁天罡煞費苦心，居然將李勣安葬在了這裏。使李勣生前位列朝班，死後也能如此侍奉太宗皇帝。

他在墳墓的周邊轉了兩個圈，並沒有看到其他的什麼洞穴，只是看到離墳墓三四十米地方的崖下，有兩個形狀類似並且相依在一起的巨石，莫非那裏就是袁天罡真墓的入口？那兩塊巨石，每一塊都有好幾噸重，在沒有器械的情況下，單憑這十幾個人的力量，是無法推開的。除非找到開啟的機關。

他來到兩塊巨石前，仔細看了看，發現這兩塊巨石有人工雕琢過的痕跡。可是李子新說了，只有在月上中天的時候，墓門才會開啟。

到底是什麼神奇的力量，能夠在月上中天的時候，將這兩塊重達上萬斤的巨石頂開？

他回到墳墓前，見李道明命趙二已經在墓旁打出了一個一人多深的大洞，挖洞的速度之快，令人歎為觀止。他以前只是聽說過民間盜墓高手，能在一個晚上挖出一個十幾米的盜洞進入墓穴，想不到今日見識到了。

在沒有找到有力的證據前，他無法斷定這裏就是李勣的真墓。反正現在離天黑還早，由著這些人折騰去。

他找了一個地方坐了下來，想著山谷內那些黑色的骸骨，這些骸骨雖然是以前的盜墓人留下的，但都是頭朝谷口方向，而且死狀相同，究竟是什麼原因呢？還有谷口那兩具白色的骸骨，既然不是張洋與徐強，那又是什麼人呢？為什麼他們兩個人的死狀和那些人不同？

就在他思考的時候，洞內傳來趙二的聲音：「老闆，到位了，快拿東西下來！」

見幾個壯漢正遞下去幾個瓶子裝著的液體。苗君儒知道那幾個瓶子內裝的是酸性液體，是用來對付墓葬內壁牆的。古代墓葬的內壁牆，通常是用糯米加石灰調和後砌成，堅固無比，而且還能防水滲透。這種內壁牆屬於鹼性，早在很久以前，盜墓的人就想出用酸性液體潑在牆上中和酸鹼度，從而輕易打開的辦法了。

不一會兒，趙二上來了，說道：「行了，但是要等下進去！」

李道明也心知墓葬打開後，不能馬上進去的道理，他讓大家坐在地上休息。來到苗君儒面前，低聲道：「苗教授，等下你跟趙二一起下去吧？」

苗君儒點頭，他也想下去看看，這個墳墓究竟是不是李勣的真墓。要想確認墓主的身分，只有從墓葬內尋找證據。

兩個小時後，趙二點燃一個火把，在洞口晃了幾下，隨即將火把丟了進去，說道：「好了！」

他在一塊毛巾上撒了一泡尿，把毛巾繫在臉上，抓著洞口的繩子，垂了下去。

苗君儒戴上口罩，背著背包，一手舉著火把，一手抓著繩子，慢慢溜了下去。盜洞有六七米深，溜了一陣就到底了，邊上有個兩尺見方的洞，是趙二打通的墓葬內壁。

進到裏面，見趙二點了三支香插在角落裏，朝東西南北各鞠了一躬，嘴裏也不知道叨念著什麼。那是盜墓人的規矩，帶有很濃的迷信色彩。

墓葬的地面有淺淺的一層水，想必是在山谷中的原因，上下約三米高，左右前後約七八米，並不大，正中石台上放著的棺槨已經腐爛不堪，地上有不少陪葬器皿的殘片。苗君儒在旁邊走了一遭，發現有被盜過的痕跡，很多擺放的物品都已經被人拿走，在地上撿到兩塊玉佩，是原來的盜墓人落下的。他突然想到：李子新一定挖開了這個墓葬，所以才知道這裏就是李勣的真墓！

趙二站在石台旁，拿根棍子在腐爛的棺木前撥弄，叫道：「你過來看！」

苗君儒走過去，見棺木中的屍骸還保留著原來的樣子，但蓋在身上的龍團繡花金絲被和穿在身上三公朝服已經腐朽，被趙二這麼一撥弄，頓時成了碎片。實在太可惜，若將死者身上的衣物完整地處理下來，對研究唐代官服的製作和品銜，是有很高參考價值的。這些盜墓者，只對金玉陶瓷的東西感興趣，而對其他的一些無價之寶視為草芥，無形之間，把好東西也給糟蹋了。

他正要叫趙二住手，見趙二彎腰從棺木的上方取出一樣東西來，是頂帽子。借著火光，他看清這頂帽子是用很薄的鎏金銅葉作骨架，以皮革張形，皮革之外再貼上很薄的皮革鏤空的蔓草花飾。頂部有三道鎏金銅梁，兩邊有對稱的三對中空的花趺。上面一對中空花趺是留作貫簪導的，簪導貫髮髻，將帽子固定在頭上。下面兩對中空的花趺，前邊一對穿上帶子，繫在齶下，後邊一對繫上絲綬，在腦後打結，垂於背後，這樣帽子便很牢固地戴在頭上。帽子的後邊下沿有一方孔將帽沿破開，孔又蓋活頁，這是用來調節帽徑大小的。不錯，這頂帽子，就是唐太宗賜給李勣的三梁進德冠，由此可以斷定，棺木中的人正是李勣。

李道明也帶人下來了，看到趙二手中的三梁進德冠，驚道：「這不是袁天罡的真墓嗎？怎麼會有三梁進德冠？」

「想不到你也認識這頂帽子，」苗君儒笑道：「這裏本來就不是袁天罡的真墓，而是李勣的。」

「那袁天罡的呢？」李道明問。

「在旁邊，就是那兩塊大石頭的地方，」苗君儒說道。

「你既然知道了袁天罡的真墓在那裏，為什麼不帶人去挖？」李道明有些惱火了。

苗君儒說道：「你認為單憑我們十幾個人，能夠挖開那兩塊石頭嗎？」

「我們有炸藥！」李道明說道。

「萬一引來外面的守衛部隊怎麼辦？」苗君儒說道。

「沒有辦法弄開那兩塊石頭，那我們怎麼拿到那塊石碑？」李道明問。

「要等到晚上，那兩塊石碑自然就開啟，」苗君儒說道。

「你怎麼知道？」李道明問。

「到底能不能開啟，到時候才知道。」苗君儒說道。

在腐爛的棺木內，陸續發現了不少東西。一柄出鞘仍泛著寒光的劍，想必是李勣的隨身之物，另外還有一個刻著大唐英國公印的金印，以及一些精美金銀玉器製品。在棺木的上方，還有一些書籍，可惜已經完全腐爛，一碰就成了碎片。

這是由於墓葬進水的原因，所有容易腐爛的東西，都已經腐爛了，沒有辦法收拾。

不知道是什麼原因，這棺木之內的陪葬物，並未遭到盜墓者的洗劫。難道盜墓者只拿走旁邊的那些殉葬品嗎？要知道，一座墓葬內，最有價值的東西，就是在墓主身邊的。

李道明吩咐幾個手下，將棺木內清理出來的東西分批裝好，運了上去。

這時，外面傳來了槍聲。

李道明大驚，大聲朝外面問：「出了什麼事情？」

沒有人回答他，外面的槍聲越來越緊。

第五章

虺龍望月

袁天罡和張良對術數有很深的研究，
他難道也學著張良，在墓中放進了這樣的蛇？
一來防止盜墓，二來可以保護那塊天宇石碑。
李子新見過的異類也不少，
但在墓葬中出現這麼粗的一條虺蛇，乃平生未見，
任憑他使用什麼方法，都對付不了這條蛇，
難怪會嚇成那樣。

李道明由洞口爬上了地面，看到面前那些穿著草綠色軍裝的軍人，頓時呆住了。他帶來的那十幾個人，除幾個被打死的以外，其餘的都被麻繩綁著。

兩個士兵拿著麻繩，上前往他脖子上一套，將他的胳膊拐向背後，五花大綁起來。隨後出來的苗君儒和趙二等人也被綁了起來。

「你們這是幹什麼？」李道明大聲問。

「幹什麼？」一個佩戴著上校軍銜的軍官上前，指著地上的那些包裹說道：「憑這些東西，就可以馬上槍斃你們！」

「我們可是考古隊，是政府允許的，別把我們當成盜墓的，」李道明說道：「我們旁邊的這位，是北大的苗君儒教授！」

苗君儒身上的背包被那些士兵搶了去，打開一看，裏面除一些日常用品外，都是考古專用的工具。

「我怎麼相信他就是北大的苗君儒教授？」那人說道：「你們既然是考古隊，為什麼要昨天晚上偷偷摸摸的來？」

李道明說道：「林團長，凡事不要做得這麼絕，你們在昭陵幹過什麼，別以為我不知道！」

那人冷笑：「你錯了，我不姓林，我姓焦，姓林的已經死了！」

「焦團長，」李道明瞬間反應過來，「是你殺了林團長。」

「不錯，」焦團長說道：「他勾結外人，偷盜墓葬，犯下死罪！」

李道明問：「這是什麼時候發生的事情？」

「半個月前，」焦團長說道：「上峰有令，凡抓到盜墓者，可就地正法！」

苗君儒看著他們兩個人一問一答。見這姓焦的在說話的時候，眼睛不時盯著那幾個從地洞內拖上來的包裹，心知也不是什麼好東西，就算他拿出證明自己身分的東西，對方也不會承認他的身分，完全可以為了得到那些從墓葬裏面拿出來的東西，將他和李道明這些人一同槍斃。

見焦團長這麼說，李道明額頭上的冷汗頓時下來了。

焦團長命令士兵將這些人押出山谷，來到那塊陰陽太極圖前。

「昨天晚上你們就是在這裏住的，我今天就在這裏送你們上路！」焦團長說道。

兩個士兵拿著大刀，從人群中拖出一個人，一腳踢在那人的腿彎處，趁那人跪下的時候，刀光一閃，一顆頭顱已經滾落在地下，從脖腔內噴出的鮮血，頓時濺滿了地面。

「對付你們這些盜墓的，我從來不用子彈！」焦團長罵道。

槍斃還可以留個全屍，像這種死法，如今倒是很少見。其他人見狀，嚇得臉色鐵青，有幾個人已經尿褲子了，混濁的尿液浸濕了褲子，流到地上。

「慢著！」苗君儒見焦團長這麼做，用不了多久，他們全都會死在這裏，他大聲道：「你這麼做，能夠擔保你不是為了得到那幾袋東西，而將我們滅口？」

焦團長笑道：「算你聰明！」

見焦團長這麼說，苗君儒已經想到了脫身之法，說道：「焦團長，就算你將我們殺掉，又有什麼好處呢？不就是那幾袋東西嗎？」

「你的意思是，還有更好的？」焦團長的眼睛一亮。

「你以為我們來這麼多人，就是為了這點東西？」苗君儒反問。

焦團長的眼珠一轉，說道：「留下幾個有用的，其他的全處理掉！」

「焦團長，我可以叫家裏人來拿錢贖我！」李道明說話的時候，聲音都有些顫抖。

焦團長說道：「我知道你是他們的老闆，就算你不說，我也不會殺你的！

還有那個老傢伙，一看就知道是盜墓的行家，留下他一條命，說不定老子用得著。」

除苗君儒、趙二、李道明三人外，其他的人轉眼間都做了刀下之鬼。那些血流到地上後，漸漸滲入了泥土內。

突然，從谷內刮出一陣大風，帶著令人昏厥的腥味。

「快走！」焦團長大叫。

眾士兵押著他們三個人，快速離開了谷口，一連走了好幾里地才停住。大家回頭，見谷口瀰漫著一團黑霧，甚是駭人。

「你們怎麼到那裏去？」焦團長說道：「那個谷內很邪門，白天還好，但是晚上去的人，幾乎沒有一個能夠活著出來的！」

「你怎麼知道？」苗君儒問。

焦團長說道：「我帶兵在這裏駐紮了兩年，當然知道了，一年前有個老頭子帶人進去，結果只剩下他一個人逃出來。」

「他是不是姓李？」李道明問。

「姓什麼我怎麼知道？」焦團長說道：「這件事是林團長處理，他不知道為什麼竟然放那個老頭子走了！」

一行人回到護陵軍隊的駐地，苗君儒他們三個人被解開身上的繩索，關進了一間屋子裏。在屋子裏，還有三個人，竟然是周輝和劉若其，還有林寶寶。

苗君儒驚道：「你們怎麼在這裏？林卿雲呢？」

周輝道：「我們昨天晚上見你們偷偷的出來，就一路跟上來了，後來不知道怎麼被他抓到，林卿雲原來跟我們關在一起，兩個小時前被他們帶了出去，現在不知道怎麼樣了！」

「是呀，是呀，老爸，快點救救姐姐！」林寶寶也叫道。

林卿雲長得那麼漂亮，一定是這些官兵起了色心，如果真的是那樣的話，那可就麻煩了。在這種時候，苗君儒也想不出什麼辦法來，只是安慰林寶寶。

沒有多久，兩個士兵來到屋子裏，將苗君儒帶了出去。

苗君儒被那兩個士兵帶到焦團長的屋裏，見焦團長坐在那裏，桌子上放著從墓葬中挖出來的那頂三梁進德冠。

焦團長問：「你是考古學教授，一定認得這個東西，對不對？」

「是唐太宗賜給大臣的三梁進德冠，這東西很值錢。」苗君儒說道。在這些大老粗的面前，有這些話足夠了。

焦團長微微笑了一下，「我記得你說過那句話，好像你們還要挖更值錢的東西，所以我才留下了你們的命。」

「是的！」苗君儒說道：「我的那個女學生呢？」

焦團長說道：「媽的，你不說還罷了，那女學生長得很漂亮，聽說還是林團長的侄女，本來我想留給自己開葷的，誰知道被參謀長搶了先……」

「你們居然做出這樣禽獸不如的事情，」苗君儒憤怒道。

「你聽我說完，」焦團長說道：「想不到那個林小姐會兩下子，把參謀長給打暈了，人不知道逃到哪裏去了。」

苗君儒想起林卿雲說過的話，看來並不假，他說道：「還好沒有被你糟蹋！」

焦團長說道：「別提那碼子事，說點我感興趣的，這周圍的墓葬都挖得差不多了，你打算挖誰的？」

「你認為呢？」苗君儒問。

焦團長說道：「林團長派人挖昭陵，可挖了一年多，還是沒有挖到！」

苗君儒笑道：「很簡單，因為他們找不到地宮的門！」

焦團長拿出煙，遞了一支給苗君儒，苗君儒擺了擺手，表示不抽煙，他顧自點燃了煙，抽了一口，說道：「要是你能夠挖開昭陵，我和你二一添作五，把東西分了，怎麼樣？」

苗君儒想了一下，如果告訴焦團長說要去的是袁天罡的真墓，焦團長肯定不幹，況且李道明帶來的人都被殺了，沒有人幫忙，是很難進去的。倒不如說那裏就是昭陵的真正入口，有這麼多當兵的幫助，興許能夠對付裏面的恐怖東西。

他說道：「今天晚上我們還要去山谷裏，在那裏才能找到昭陵的真正入口！」

「不會吧？去那裏？」焦團長手上的煙差點掉在地上，「那裏一到晚上就冒黑氣，月光越大黑氣越旺，我們都懷疑那裏有妖怪，白天巡山都很少經過那邊，這樣去豈不是找死？」

「一年前，不是有人也逃出來了嗎？」苗君儒說道：「你帶著你手下的兵去，就算有妖怪又怎麼樣？我們有這麼多人，還怕什麼，再說你們這些當兵的，一個個都是從死人堆裏滾出來的，難道膽子比我這個普通人還小？」

「那倒不是，」焦團長嘿嘿地笑起來，「人為財死鳥為食亡，好，既然你都不怕，我還怕什麼？」

苗君儒說道：「我懷疑那些黑氣有毒，到時候你叫那些士兵做點預防措施就行了。」

焦團長笑道：「一切都聽你的！」

月光升起來了，照著谷口，就像一個巨人張開大嘴，隨時要將人吞噬。

焦團長調了一個連的士兵跟著來，為了保險起見，還帶來了趙二和李道明，其他三人仍關在那裏。

遠遠地，大家看到山谷裏升起一股黑氣。這些士兵不虧是從死人堆裏爬出來的人，比李道明帶來的那些人膽大多了，臉上雖有懼色，但一個個將槍抓在手裏，彷彿隨時衝上前拚命。

他們朝著山谷行去，經過那塊陰陽太極圖的地方時，驚愕地發現所有的屍體居然不見了，地面上也沒有血跡。

焦團長走在苗君儒的身邊，輕聲說道：「我說過這裏很邪的，你說怎麼辦？」

苗君儒看著地面，這麼多具屍體居然不見了，確實很奇怪。他朝周圍看了一下，並沒有發現異常的東西。空氣中瀰漫著一股令人作嘔的腥味，好幾個人忍不住吐起來。

「你叫大家做好防護準備，這空氣中有毒！」苗君儒說道，他的身上出現一種朦朧的金黃色光彩，看得眾人目瞪口呆。

「你……你……是什麼人？」焦團長驚愕道。

苗君儒馬上想到一定是身上的那串佛珠發出來的，這谷內一定有異物。他不敢將佛珠拿出來，怕被焦團長搶了去。

「可能附近有不乾淨的東西，」苗君儒說道：「我是佛門俗家弟子，我的師父已經為我的這塊玉佩開過光，大家放心，有我的佛光保護，沒有事的！」

他身上的那塊玉佩，是祖上遺傳下來的，從小就戴在脖子上。他從頸部拿出玉佩，在大家面前晃了一下，又塞了回去。他這麼做，是不想讓別人知道佛珠的秘密。

所有的人都不自覺地向他身邊靠攏，以求得到佛光的保護。

「媽的，怕什麼怕？」焦團長站在苗君儒的身邊，揮舞著手裏的槍，叫道：「弟兄們都是從死人堆裏爬出來的，什麼場面沒有見過，把槍給我拿好嘍，就是遇上幾具殭屍，大家一起開火，還不把殭屍打成篩子？只要找到昭陵入口，大家可就發了！」

聽焦團長這麼一說，那些士兵鼓噪起來，大聲喊叫著，壯著膽子往谷內衝。進谷沒有多遠，走在最前面的士兵不敢再前行，一個個要往回跑的樣子。苗君儒朝前面望去，如雪般的月光之下，見谷內出現一條黑色的柱子，那黑氣正是由黑柱子的頂部發出的。他認真看了一下，黑柱子所在的位置，正是那兩塊巨石所在的地方。隱約之間，可見黑柱子左右晃動，柱子距離地面六到七米的地方，有一處凸起。

望著那黑柱子，苗君儒突然想到他以前在一本古代典籍中看到過的虺龍望月，是講述漢代謀臣張良的，據說張良死後，為了防止有人盜他的墓，就命他的後人，將一條他生前養的異蛇隨他入葬，從那以後，不少前去盜墓的人，不是被那蛇吃掉，就是被嚇死。千百年來，張良墓安然無恙。據後人觀察，每當月明之時，那條蛇就從墓中爬出來，仰頭向天，吸取天地之靈氣。這就是那本典籍上說的虺龍望月。虺，是古代的一種毒蛇，細頸大頭，色如綬文，大者長七八丈，小者也有三四尺。

袁天罡和張良有一個共同的特點，就是對術數有很深的研究，他難道也學著張良，在墓中放進了這樣的蛇？一來防止盜墓，二來可以保護那塊天宇石碑。

想到這裏，苗君儒肯定了自己的想法，他看著那黑色柱子，僅看到的高度，就有七八丈，還有下面洞內的那一截，初步估算，這條蛇起碼有十丈以上。蛇身上那凸起的地方，一定是吃了那些被砍掉頭顱的屍體，才會這樣。

這種蛇奇毒無比，進來盜墓的人看到蛇後，想逃出山谷，可最終逃不過蛇，因而那些人一個個都是頭朝谷口地死在那裏。那些人中的是蛇毒，所以每一具骨骸都是黑色的。

這麼大的一條毒蛇，實在罕見。李子新雖說幹的是盜墓生涯，見過的異類也不少，但在墓葬中出現這麼粗的一條虺蛇，乃平生未見，而且任憑他使用什麼方法，都對付不了這條蛇，難怪會嚇成那樣。

「那是什麼？」焦團長問。

「是蛇，而且是條很毒的蛇！」苗君儒在焦團長的耳邊輕聲說道：「不要讓別人聽到，否則就沒有人敢來了！」

苗君儒一說完，焦團長的臉色頓時變了，他低聲說道：「這麼大的一條蛇，都成精了！」

「我們現在回去，明天白天再來！」苗君儒說道：「我已經想到了對付牠的方法！」

苗君儒的話音剛落，見那柱子一矮，頓時覺得勁風撲面，一團黑霧向他們撲來，他暗叫不好，那蛇已經發現了他們，正向他們發起攻擊。

一些士兵見狀，嚇得大叫，只恨自己少生了兩條腿。苗君儒等人夾雜在士兵當中，一起往谷外跑。

一個軍官模樣的人站在原地，大叫著：「開槍，開槍！」

說著，奪過一個士兵手裏的機槍，朝那蛇掃射起來。其他士兵見狀，紛紛轉身開槍。山谷內頓時槍聲大作。槍聲中，伴隨一聲沉悶的吼聲，震得地面都有些顫抖起來。

「快走！」苗君儒說道。那麼大一條活了一千多年的蛇，身上的蛇皮早已經硬如鋼鐵，普通的槍彈對其根本奈何不了。他們在一些士兵的保護下，逃出了山谷。身後的槍聲並沒有堅持多長時間，幾分鐘後，便再也聽不到一聲槍響。

他們腳下並不停，繼續往前跑。逃出三四里地後，站在一處土坡上，回首望向山谷，見整個谷裏黑霧瀰漫。剛才他們聽到的那聲類似公牛般的巨吼，一定是那條蛇發出來的。

苗君儒一看身邊，除李道明和焦團長等人外，就只剩下十幾個士兵，其他的人一個都沒有逃出來。

苗君儒當然想到了對付那條毒蛇的方法。

李子新要苗君儒晚上進入山谷，一來是怕驚動護陵的部隊，二來是無法移開那兩塊巨石。在他的心裏，只有等那條蛇出來吸取天地靈氣的時候，才是墓門開啟之時。

現在苗君儒有了焦團長的幫助，除了想辦法對付那條蛇外，其他的就沒有什麼顧慮了。回到駐紮的營地，他立刻開出雄黃、艾草、硫磺、烈酒等物品，要焦團長派人去外面的鎮上購買，有多少買多少。

回來後，焦團長把李道明和趙二關回原來的地方，卻將苗君儒安排到一間房間裏住下，門口派了兩個士兵把守。

第二天上午，士兵們買回來兩大卡車東西。

這一次，焦團長帶來了兩個連的人馬，除那些東西外，還搬來了十門迫擊炮和大批的炸藥。他按苗君儒的意思，派人進谷，將幾大箱ＴＮＴ炸藥埋在那兩塊巨石旁邊的土裏，用一條繩子繫著導火線，拖到山谷外。單等晚上那蛇出來，就引爆。

死去的那些人也被人從谷裏抬出來了，一個個皮膚青紫，七竅流血，一看就知道是中毒而死。那些黑霧，就是從蛇口內噴出來的，含有劇毒！

焦團長望著那些屍體，一個勁地罵著：「媽的，老子就不相信，那條蛇精能夠躲得過老子的那幾百斤炸藥！這一次，我一定要那畜生粉身碎骨，來祭奠我這些死去的兄弟！」

苗君儒要士兵將整捆的艾草鋪在谷口，上面倒滿了硫磺，另外將雄黃泡在烈酒裏備用。

現在萬事具備，就單等月亮上來了。

他站在谷口那塊陰陽太極圖上，看著腳下的地面，越看越覺得奇怪。這塊太極圖，看上去好像是自然形成的奇觀，但一聯想到袁天罡的真墓就在這谷內，讓人越發覺得不可思議，而且表面上，也有人為挖掘過的痕跡。他找來一把工兵鏟，在圖的兩邊挖了起來，挖到一米多深的地方，見紅的那邊挖出的土是紅的，黑的那邊挖出的土仍是黑的。

他放下工兵鏟，望著挖出來的那些土，這些土都是原生土，並沒有人動過，莫非這裏真的是自然形成的？

焦團長罵罵咧咧地走過來，他已經命士兵就在旁邊的土坡上挖了幾個大坑，將死去的士兵埋了起來。他看到苗君儒在挖，便招了一下手，叫來幾個士兵，要幫忙著挖。

幾個士兵掄起鎬頭，二話不說就挖起來，不一刻便挖出了一個大坑。苗君儒用手抓起一把黑土，在手裏看了一下，辨出手裏的仍是原生土，就是再挖下去，也挖不出什麼來。正要叫那幾個士兵停手，卻聽到有一個士兵的鎬頭「噹」的一下，好像碰到了什麼金屬的東西。

怪事！原生土內居然還有東西？這種事情要是說出去的話，絕對沒有人相信。他先前發現表面有被挖掘過的痕跡，一定是盜墓人留下的。盜墓人在發現挖出的是原生土後，覺得下面不可能有東西，才停止了挖掘。

那個士兵繼續挖下去，不一會兒便挖到了一個環狀的東西，看樣子是個鐵環。鐵環的下面連著石板。那士兵用鎬頭敲了一下，發出很沉悶的聲音，想必那塊石板很厚。

苗君儒發現石板上面一層土壤居然是黑褐色的，與這裏原先的土質不同。這就奇怪了，石板是通過什麼方式埋下去的呢？

他起身，看了一下下面的土坡，最有可能的是，在土坡下挖開一處洞口，將石板橫向埋進去。可是當年埋石板的人，為什麼要那麼做呢？

他下到土坡下，仔細看了看，並未發現有挖掘過的痕跡。也許已經過去了千年之久，原先的痕跡已經不容易找到了。

就這會兒，焦團長已經叫了二三十個人過來，將整個地方挖開，露出一大塊石板來。苗君儒爬上土坡，站在坑沿，看著坑底的石板，見那石板上隱約露出一些圖案和字跡來。

來到坑內，他從背包中拿出工具，小心除去石板表面的浮土。見到了一個刻在石板上的太極圖，太極圖的旁邊還有幾行字，字跡雖模糊不清，但依稀可以分辨得出來：乙亥五月，田間草發，虺龍命絕，石碑無蹤。

苗君儒大驚，這石板上的字，無疑在說現在的情況，現在是民國廿四年，若照天干地支的演算法，正是乙亥年，陰曆正值五月，田間草發合起來就是一個苗字，至於後面的八個字，一看就明白。

從石板上的鐵環在土中氧化的程度看，最起碼有一千年以上。一千年前，就有人刻下這些字，並將石板埋在這裏。埋石板的人，除了袁天罡外，不可能是別人，只有這樣的術數大師，才能有如此精妙的預測。

中國古代的玄學，確實令人匪夷所思。

「下面有什麼？」焦團長站在坑沿問。

「沒有什麼，就一塊石板！」苗君儒說道。

「石板下面肯定有東西，」焦團長叫道：「來人，安上炸藥把石板炸開！」

「慢著！」苗君儒說道：「現在還不知道下面有什麼東西，如果冒然用炸藥把石板炸開的話，會損毀石板下面的東西。」

「那你說怎麼辦？」焦團長問。

「沿著石板挖，只要找到石板的邊沿就有辦法！」苗君儒說道。

幾十個士兵在焦團長的指揮下跳到坑裏，揮動著鐵鏟沿著石板向四周挖開。就這麼一折騰，天色已經漸漸暗下來，但是離月上中天還早。

兩個小時後，有幾個士兵挖到了石板的邊沿，整個大坑已經挖成了半個籃球場大小。月亮已經升起，皎潔的月光如銀般瀉在地上，如同把地面蓋上了一層白霜。旁邊的叢林間漸漸升起一些霧氣，使月光變得朦朧，讓人感覺迷離起來。

苗君儒抬頭看了看夜空，估計再有一個多小時，就月上中天了。坑內的士兵沿著石板的邊沿往下挖，還沒有挖到什麼。

「不行，那條蛇很快就出來了，」苗君儒對焦團長說道：「你叫大家不要挖了，先上來休息一下，全力對付那條蛇！」

焦團長見挖了這麼久還沒有什麼東西，早就不耐煩了，見苗君儒這麼說，忙把坑內的人都叫了上來。大家休息了一會兒，眼睛盯著山谷內，呼吸也變得急促起來。

月上中天，山谷內突然傳來一聲沉悶的吼叫，伴隨著轟隆隆的巨石開啟聲，一股黑氣沖天而起。

焦團長站在那個拉線的士兵旁邊，現在，就等他下命令拉導火線了。但是焦團長卻看著苗君儒，等苗君儒說話。

苗君儒看到那股黑氣升到一定的時候，正要叫焦團長動手，卻聽到身後的坑底傳來一陣沉重的撞擊聲，撞擊的力度很大，地面都幾乎彈了起來，坑邊的泥土撲簌簌地往下落。

他突然想到，石板上的字既然是袁天罡留下的，那石板的下面，也可能是一個洞口，這個洞也許連接著山谷內袁天罡的真墓。能有這麼大力氣撞擊石板的，除了蛇之外，還能有什麼？

山谷內已經出現了一條，難道這種蛇有兩條不成？

「快……快……拿炸藥來……」苗君儒叫道。在他說出第一個字的時候，焦團長已經下令身邊的士兵拉導火線了。

焦團長聽到苗君儒後面說出的那幾個字，問道：「還拿炸藥來做什麼？」

苗君儒望著坑底，下面的撞擊並不間斷，一下比一下來得劇烈，石板也似乎有些鬆動了，照這樣下去，用不了多久，石板就會被撞開。他叫道：「這下面還有一條！」

他的話音剛落，山谷內傳來一聲震天巨響，一股黑煙沖天而起，整個地面都顫抖起來，劇烈的爆炸聲震得人兩耳嗡嗡直響。

遠遠望去，見原本高聳的山峰明顯矮了許多。一定是炸藥放得太多，把山都震塌了，從山上滾落下來的岩石，頓時填塞了整個山谷。

沒有人再關心山谷那邊，在聽完苗君儒的話後，一個個驚慌失措地望著坑底，膽子大的士兵拿著手裏的槍瞄著石板，萬一石板被頂開，他們就開槍。

幾個士兵在焦團長的催促下，抱來幾箱炸藥，剛到坑沿，卻見那石板從中間裂開，從下面伸出一個黑呼呼比磨盤還大兩倍的蛇頭來，一股黑氣隨即噴出。

站在坑沿的苗君儒早有防備，身體一矮，朝邊上一滾。與此同時，他的手無意間抓到一個線頭，就在他滾到土坡下的時候，上面傳來一聲巨響。漫天血雨紛紛落下，空氣中瀰漫著硝煙和血腥的臭味。

他趴在土坡下，感覺身上火辣辣的疼，那是滾下土坡時被樹叢中的荊棘刮傷的。他的手上拿著一根白白的帶子，認出那是炸藥的導火線。

剛才他滾落的時候抓到炸藥導火線，並將導火線拉燃了。那蛇剛從下面探出頭來，剛好被炸藥炸成了碎片。

一千多年前的袁天罡，早就在石板上留下了那樣的話，也許就已經猜到這兩條蛇都會喪命在苗君儒的手裏。冥冥之中，似乎都已經有了定數。

也不知道過了多少時候，苗君儒爬上了土坡，見土坑兩邊倒著幾具士兵的屍首，其他的人或站或坐在地上，全都呆呆地望著這邊。

地上一塊塊的，都是被炸裂開的蛇肉，空氣中有一股令人嘔吐的腥臭。土坑下出現一個黑洞，深不見底。

苗君儒感覺到身體軟綿綿的，胸口悶得難受，在離土坑不遠的地方找到了焦團長，他在焦團長的身邊坐了下來，剛要說話，便覺得頭一暈，倒在地上昏了過去。

朦朧間，苗君儒覺得有人在叫他。睜開沉重的眼皮，映入眼簾的居然是一張漂亮的臉孔，他認出是林卿雲。

一個激靈，頭腦頓時清醒了許多。他坐起身，發覺自己躺在一張行軍床上，並不在土坑的旁邊。他茫然地望著林卿雲，現在也已經不是晚上了，陽光從窗外斜照過來，竟已經是下午了。昨天昏迷的時候，大概是晚上十一時，也就是說，他至少昏迷了十五個小時。

他一看周圍，除了林卿雲外，還有李道明等他們幾個被關押住的人，另外還有一些官兵。

「你終於醒了，我們都急死了！」李道明說：「林小姐說你會沒有事的，我還不相信！」

「這是怎麼回事？」苗君儒問。

林卿雲說道：「昨天晚上山谷那邊發生了大爆炸，天亮的時候都沒有人回來，參謀長擔心出了什麼意外，就派人去找，到哪裏一看，幾百號人，全都死了，只有你還活著，所以他就把你抬回來了！」

「你說什麼？只有我活著？」苗君儒問。

「是呀！」林卿雲說道：「那些人都死了，全都是中毒死的，就你沒有中毒，真是奇怪！」

苗君儒想起了昨天晚上的事情，在他沒有昏迷之前，看到許多人都還活著的呀，難道那一刻起，所有的人就已經中了毒，只是當時沒有毒發而已？那麼多人都死了，就他一個人沒有死，興許是這串佛珠保住了他的命。莫非這串佛珠還有防毒的神奇功能？

林卿雲說道：「參謀長是我叔叔的好朋友，焦團長殺害我叔叔的時候，他出去辦事了，當他趕回來的時候，已經遲了，他見焦團長想糟蹋我，所以事先找了個藉口把我藏了起來，現在焦團長已經死了，這裏就他的官職最大！」

一個穿著上校軍服的人上前，朝苗君儒敬了一個軍禮，說道：「你好，苗教授，我姓方，叫我方參謀好了，早就聽說過你的大名，只是一直無緣相見，今日總算見到了！」

苗君儒在考古界的名氣是很大，但在軍隊裏，並沒有幾個人認識他，聽了方參謀長的話，他的眉頭微微一皺。

方參謀長介紹說，護陵的軍隊對外宣稱是一個團，其實也就是三個連的兵力，第一次去山谷裏，就損失了差不多一個連的兵力，加上昨天晚上的損失，現在全部的人加到一起，還不到五十個人了。

李道明說道：「我已經和方參謀長說過了，他願意和我們合作，拿出天宇石碑，共同去尋找寶藏。」

方參謀長說道：「是呀，現在昭陵這裏發生這麼大的事情，死傷這麼多人，要是讓上峰知道的話，我難咎其責，橫豎是一死，還倒不如帶著手下的兄弟，跟著諸位拚一下，弄點錢回家養老去！」

李道明說道：「現在我們必須儘快拿到天宇石碑，離開這裏！」

苗君儒站在土坑口，望著下面那個深不見底的黑洞。他身後的土坡下，多出了許多新墳，都是那些中毒而死的官兵。

此前方參謀長已經派人去山谷裏看過，說整個山谷都被岩石填滿了。要想進入袁天罡的真墓，看來只有從這裏下去了。

洞內不斷有腥味的氣體冒出，熏得人頭發暈，這些氣體也許含有一定的毒性。苗君儒叫方參謀長派人將昨天晚上放在谷口的艾草拿過來，丟到洞裏去，然後將點燃的火把丟下去。艾草上有硫磺，遇到一點火星就著了。從洞口望下去，看到底下的火光，從火光的距離上看，這個洞有上十丈深。

艾草和硫磺燃燒，既促進洞內的空氣流通，也可以起到消毒除腥的效果。

太陽落山的時候，苗君儒看了看洞口的氣味，說道：「可以下去了！」

每個下去的人，除了喝上幾大口雄黃酒外，還帶一些在身上以防備用。按商議好的計畫，方參謀長先派五個膽大的士兵下去，如果沒有什麼異常，其他人再跟著下。

苗君儒是第二批下去的，他抓著繩子，一步一步讓身體往下墜。見這個洞的四周，是由弧形的石塊砌成，跟一口井沒有兩樣，唯一不同的是下面沒有水。

下到井底後，抬頭望天，只見井口的大小就像一個掛在空中的圓月。當下，終於明白坐井觀天那個成語的真正含意是什麼了。

腳底下軟綿綿的，低頭一看，竟是一長段蛇身。想必是蛇的上半段被炸藥炸飛後，剩下的一段掉回井底。一看蛇身，竟有大水桶般粗細，心中不禁駭然。

井底右側的洞壁上，有一個與井底地面齊平的半圓形洞口，洞口有一米來高，彎著腰就可以進去。

那五個士兵舉著火把走在前面，苗君儒和李道明等人緊跟著。上面不斷有人下來，跟在他們的後面。

往前走了大約十幾米，苗君儒發覺兩邊的洞壁有雕琢過的痕跡，並沒有石塊與石塊重疊在一起之後形成的縫隙，也就是說，他們現在走的這條路，是全靠人工在山內的岩石中開鑿出來的。

據史料記載，昭陵內的玄宮建築在山腰南麓，就是靠人工在山體內穿鑿而成。唐代開創了鑿山成陵的先例，就是為了防止盜墓者盜墓。對於泥土，盜墓者有的是辦法，但是對於堅硬的岩石來說，盜墓者可就束手無策了。這恐怕就是為什麼昭陵等唐代墓葬沒有被盜的原因。

順著這條人工開啟的石洞，往前走了幾十米，這時，走在最前面的士兵突然大叫起來。

第六章

天宇石碑

石碑通體青褐色，泛著青色的光芒，
長約五十釐米，寬約八十釐米，厚度約為五釐米，
正面白色亮點，似浮在石碑表面，像極夜空中的星星；
背面竟是篆體文字，是解釋碑面星辰變化的。
可惜上面一截沒了，不然這可是一幅完整的星象圖。

苗君儒吃了一驚，以為又遇上了什麼怪物，當他聽到那聲音並不恐懼，才放下心來。

他走到那幾個士兵的面前，朝前面一看，也驚呆了。前面已經沒有路，只有一個很大的水潭，在火把光線的照射下，水潭裏的水黑幽幽的，也不知道有多深。依稀還聽到流水聲，想必這潭裏的水也不是死水，是地下河中流到這裏來的。

他抬頭望了一下，見頭頂鐘乳垂掛，上面不斷有水滴下來，原來是一處天然的地下溶洞。遠處無法看清，他們所處的地方，是水潭邊上的一個平台，他們左邊的洞壁，與水潭上下成一線，無從攀爬；但是右邊的洞壁，似乎有人工雕鑿過的痕跡。在洞壁上，有一條巴掌寬的落腳地帶，站在那上面，小心地貼著洞壁，可一步步走過去。

已經有兩個士兵開始試探著攀過去，在眾人的注視下，走在最前面的那個士兵已經走出了十幾步，另外三個士兵相繼攀爬過去。這時，聽到前面傳來一聲響動。走在最前面的那個士兵身體一斜，從洞壁上落到水潭裏。

一般人落到水裏後，不會游泳的人也能撲騰幾下，而會游泳的人，則能安然無恙地游到岸邊。但奇怪的是，那個士兵落水後，叫都沒有叫出一聲，便迅速沉了下去，水潭的水面上蕩起一波漣漪，彷彿什麼事情都沒有發生過。

好奇怪的水潭，殺人於無形之間。

第二個士兵走到第一個士兵剛才的地方，竟也掉了下去。叫都來不及叫一聲，便被潭水吞沒。

剩下的三個士兵嚇得退了回來。

在苗君儒的吩咐下，從外面送進來一根乾木頭。他用繩子捆住乾木頭，要旁邊的人緊緊抓住繩子，將乾木頭丟到水潭裏。

乾木頭入水之後瞬間沉沒，抓著繩子的幾個人感覺到一股很大的力氣將繩子往下拖，苗君儒一看情形不對，忙叫那幾個人放手，再不放手的話，連人也會給拖下去。

苗君儒望著水潭，一臉的嚴肅。這水潭的下面，或許有一股力道奇大的暗流，無論什麼東西落到水裏，都會被暗流帶走。

他扭頭望著右邊的洞壁，要想過去的話，只有從這走，除此之外別無他途。

可是剛才大家都已經見到了，那兩個士兵是怎麼死的。

從洞壁上落到水裏，這期間有兩到三秒的時間，通常不可能連一聲叫喊都發不出來。所以洞壁上一定暗藏著機關，那兩個士兵正是中了機關後，才落水的。

洞內那麼黑，洞壁上又沒有迴旋的地方，怎麼樣才能發現機關在哪裏呢？

「要是能看到對面那邊的情形就好了！」李道明說道：「可惜我們沒有辦法把火把扔那麼遠！」

「要想看到對面倒是不難，」旁邊一個士兵說道：「我們團裏有信號槍，打幾發過去就行了！」

這倒是個辦法，信號槍的燃燒彈在空中可以燃燒十幾秒鐘的時間，落地後仍可持續燃燒。

沒有多久，信號槍就被人從外面傳遞進來了。那個士兵舉著槍，朝前面的黑暗處開了一槍。洞內頓時出現一道刺目的光芒。

苗君儒順著那道光芒望去，見溶洞內的空間還很大。燃燒彈在空中劃出了一條亮線後，最終落到了水裏。但是他已經隱約看到，在燃燒彈落水處前面不遠，有一個與這邊一樣的平台。

「再來一發，儘量打得遠點！」苗君儒說道。

一聲槍響，燃燒彈在空中劃出一道美麗的弧線，落到對面的平台上。苗君儒已經看清，從他所處的平台到對面的平台，距離大概有四五十米。這段距離雖不長，但卻是一條死亡之途。

當年的袁天罡既然已經算到他們會從這裏進來，自然會有所防範，將機關設在洞壁之上，也就不足為怪了。

現在的問題，就是如何避過洞壁上的機關，到達對面的平台。

就在苗君儒思考怎麼樣過去的時候，左側的洞壁上傳來一陣吱吱嘎嘎的聲音，他暗叫不好，正要後退閃避，卻聽到後面傳來尖脆的聲音，「姐，我不是有意的！」

原來是林寶寶，不知他怎麼也跟著大家下來了。見大家都站在前面，進也不是，退也不是，便靠在洞壁上，一手拿著一根火把，另一隻手在洞壁上摳著，不知怎麼，手指摳到的地方居然凹了進去。而前面不遠的地方，石壁居然開啟了。

洞壁上緩緩出現了一道門，苗君儒儘量將身體貼在旁邊，那樣就可以避過由門內射出來的暗器。

石門開啟後，一個士兵將手中的火把扔了進去，裏面並沒有動靜。

苗君儒來到林寶寶面前，林寶寶叫道：「老爸，我真的不知道會這樣！」

苗君儒看著林寶寶身邊那處凹進去的地方，見到一個很小的陰陽八卦圖。原來秘密是在這裏。他剛才只顧走過去，並沒有仔細看兩邊的洞壁。再說這洞壁上有很多雕琢的痕跡，就算他看的話，也未必能夠看清那處圖案。他笑道：「我可沒有怪你，感謝你還來不及呢，要不是你，我還真想不出什麼辦法從這裏過去！」

想不到袁天罡在這裏設了一個疑陣，讓人以為非從水潭右邊的洞壁上過去不可，而進去的通道卻在這裏。若不是林寶寶恰巧碰到的話，一行人還真不知道要在水潭邊考慮到什麼時候。

石門開啟後，裏面居然有風出來。一個士兵拿槍朝裏面掃了一梭子，才舉著火把走進去。

苗君儒跟著走了進去，見石門內是一條較為寬敞一點的通道，從兩邊洞壁的痕跡看，也是工匠從岩石中開鑿出來的。當他看到腳下時，吃了一驚。

按道理，在山中開鑿出來的山洞，地下不是鋪著岩石碎塊，就是自然的岩石地面，絕不可能像腳下的那樣，是泥土的地面。他正要叫前面的人注意腳下，但已經遲了。

幾聲慘叫過後，地面上出現一個坑，走在最前面的兩個人已經掉到坑裏，被坑內的長矛刺了一個對穿。僥倖沒有掉下去的那個士兵，站在坑邊，嚇得面如土色。

「不要怕，只要注意就沒事了，」苗君儒對那士兵說道：「墓道內有機關是很正常的，不外乎那麼幾樣，你讓開，把你手裏的槍給我，讓我走在前面。」

他沿著坑沿走了過去，其餘的人跟在他的身後。他蹲下身體，每走一步，都用槍管戳著前面地面。往前不到兩米路，一聲細微的聲響過後，「呼」的一下，從土內鑽出幾排長矛來，如果是人站在那裏的話，一定會被長矛由下至上釘在那裏。

區區幾十米的通道，他走了足足有兩個小時，當他站在另一道石門的旁邊時，發覺身上早已經被汗濕了，這一路，他共激發了十二道機關。也就是說，他們共逃過了十二次死神的召喚。

他已經看到了石門旁邊洞壁上的那副太極圖案，但卻沒有去按，因為他看到石門上密密麻麻地刻著許多字，中間有一副圖，是洛書上的圖案。

洛書圖案由二十個黑圓圈和二十五個白圓圈組成，共四十五個圓圈，其中黑者為陰，白者為陽。洛書外圓而內方。圓者黑白共四十數，圓布其外，一、三、七、九為一方。二、四、六、八為一方，仍然為河圖之體，比又圓中藏方，洛書包裹河圖之象，而中五又方中有藏圓之妙。此圖對位相合皆為十，一九合十，三七合十，二八合十，四六合十，總數四十，皆為陰數。而禦之以中五，則縱橫上下交錯皆為十五，總數四十五，皆為陽數。表明陽生於陰、陰統於陽、君子道長、小人道消之理。

石門上的那些小字，已經模糊不清，依稀可以看出是解釋洛書之玄妙的。

袁天罡一生研究玄學，對洛書肯定也有很深的研究，他將對洛書的研究心得刻在這石門上，肯定也是有用意的。這決不是一扇普通的石門。袁天罡一生為人頗有心計，既然第一扇石門是按洞壁上的太極圖案開啟，那麼這扇石門的開啟方式，絕不可能與第一扇石門一樣，那麼洞壁上的太極圖案，也許是個陷阱。

就在苗君儒望著石門上洛書的圖案思考的時候，身後的李道明他們有些不耐煩了，周輝也發現了洞壁上的那個太極圖案，正要去按。被李道明看到，他一把抓住周輝的手，拉向一邊。剛才苗君儒也發現了那個圖案，卻並沒有用手去按，肯定是有原因的。他寧可把命交給苗君儒，也不願意被周輝這麼冒險。

苗君儒手摸石門，在洛書那個圖案中間的「五」字點上摸索著，洛書的玄妙之處，就在其九個數字的方位。這九個數字中，中間的「五」至關重要，若沒有「五」，其餘的數字加起來就為陰數，有「五」則為陽數，陰陽之隔，就在這一數之間。

他的手指在「五」字點上重重地按了下去，「轟隆」一聲，石門緩緩開啟。

石門開啟後，從裏面透出一絲類似朦朧月光的青光來，苗君儒看到門邊有兩個人影。跟在後面的一個士兵下意識地舉槍，被他伸手擋開。進門後，大家看見，站在門邊的是兩尊唐代持械武士石像。

石門內是個天然洞穴，但是有明顯人工雕琢過的痕跡。中間的地面上有一個大香爐，兩邊則排列著一些石像，這些石像的樣子並不像唐代時候的人，而像古代道教傳說中的人物，一個個身著道袍，高挽道髻。整個洞內的佈置，並不像一個墓室，而像一個道觀。最上首的石台上，供奉著三尊三清神像。三清神像前，有一張高約一米多，與石台連在一起的供桌。

袁天罡本就是道士出身，將自己的墓穴佈置得像道觀，倒不足為奇。

洞穴的左側有一扇開啟的石門，從石門那裏開始，一直到三清神像，地面上至少躺著二十多具骨骸。有好幾尊石像被推翻在地，和幾具骨骸混雜在一起。

想不到這裏居然有人進來過，而且來的人還不少。苗君儒走到那些骨骸的面前，看著這些骨骸。這些人死後，並未有人動過，人雖然腐爛了，但是身上的衣物並未完全腐爛，仍可以看清原來的樣子。這些人生前所穿的，是戰場上軍士穿的盔甲，這些盔甲的式樣，與清代以前幾個朝代的式樣完全不同。他來到供奉三清的石台前，在石台下還有兩具骨骸，其中一具身上的盔甲，與別人的不同，泛著一層金色的光芒。看樣子，這個死者是這些人的首領。他蹲下來，從那具骨骸的身上，拿出一塊東西。是一塊玉牌，玉牌上有幾個字。他看了手中的玉牌，眉頭皺了起來。

李道明也看到了玉牌上的字，他念了出來：「衛戍軍副統領拓跋羫。」

「哦，你也認識西夏文字？」苗君儒問道。

李道明笑道：「認是認得一點，但不多！」

苗君儒以前看到過關於西夏的資料，衛戍軍就是保護皇帝的御林軍，而衛戍軍副統領這個官職，在任何朝代中，都是舉足輕重的，只有皇帝最信得過的人，才能擔任。對於拓跋羥這個人，史書上曾有記載，是西夏王李元昊的同宗兄弟，曾經多次率軍出征，為西夏王朝的鞏固立下汗馬功勞。

苗君儒想到：李元昊派拓跋羥這樣的一個人物來這裏做什麼呢？

「天宇石碑！」李道明叫道。他的眼睛盯著供奉三清的供桌。

這時，苗君儒才發現，洞穴內的青光正是由供桌上發出來的。幾個人衝上石台，站在供桌前，見供桌上放著一把青鋼劍，一大一小兩個金印，大的金印上刻著：大唐天師印璽六個篆體字，小金印上刻著：天道正一四個方正的隸書。大印定是朝廷賜給袁天罡的天師印，而小印則是袁天罡的道家私印。

金印的旁邊有一個一尺見方的紫檀木盒子，盒子被打開，裏面除了一些粉灰外，並沒有東西。左上角放著一些紙色暗黃的典籍，有幾本典籍掉到供桌下。

苗君儒看到其中一本，是《六壬課》，旁邊還有一本《推背圖》。據說袁天罡曾經著有一本關於風水地理的《易鏡玄要》，可惜在他生前就被人偷走了。

「怪事，墓室內居然沒有棺槨！」周輝在一旁說。

苗君儒將那個紫檀木盒子蓋上，說道：「棺槨就在這裏，按照道家的理念，人死浴火方能得道，他死後，身邊的人將他火化，裝在了這裏！作為考古人，必須精通歷史及人文地理，否則就是面對一件普通的東西，你都沒有辦法去辨別！」

周輝有些慚愧地低頭：「是的，老師！」

眾人的眼睛，都看著供桌的正中地方。青光就是從那裏發出來的。那裏有一條長方形的間隙，間隙中間的石質與整個供桌的石質完全不同，但是與供桌表面平行的地方，卻有明顯的斷痕。

「可惜了！」苗君儒說道：「這些西夏人好不容易來到這裏，卻沒有辦法取出供桌上的天宇石碑，急迫之下，只得將石碑的上半截取走！」

「你的意思是，天宇石碑的上半截已經被這些人取走，留在這裏的，是下半截？」李道明驚道。

「可以這麼說，」苗君儒說道：「你們看，這裏的其他東西都沒有動，那些人來的目的，肯定是天宇石碑，可惜他們沒有辦法破解這裏的機關！」

「李元昊為什麼要命人來拿走天宇石碑？」李道明問。

「為了他的寶藏，」苗君儒說道：「當年幫他設計陵墓的魯班後人，就是根據星宿圖像定位陵墓所在的，那人逃回宋朝後，陵墓方位的秘密肯定會流傳下去，所以李元昊才派人來拿走這塊唯一能夠標示方位所在的天宇石碑，如果天宇石碑被他拿走的話，就沒有人能夠找到陵墓和寶藏了！」

李道明點頭，「原來是這樣！可是現在只剩下半塊石碑了，我們就算拿到這半塊石碑，也沒有用呀！」

「先取出來再說，」苗君儒說道：「你們下去！」

待大家都下了石台後，苗君儒朝四周看了一眼，走下石台，來到一尊神像面前，從神像手裏拿過三支香。一般的神像手裏握著的，不是朝芴，就是神器，而這尊神像手裏的，卻是三支粗大的道家檀香。

他將檀香在火把上點燃，走到三清神像的石台下，恭恭敬敬地朝著神像拜了九次，而後將檀香插到身後的大香爐裏。大香爐有近一人高，通體黑色，估計是鑄鐵所造。

檀香插到身後大香爐裏後，眾人聽到了細微的沙沙聲，聲音來自香爐的底部。眾人低頭望去，見香爐的底部不知怎麼出現一個口子，有沙子從香爐內流到地面上。

苗君儒望著流下來的沙子，露出一絲笑意。

沙子形成一個沙堆，越來越高。這時，大家發覺洞穴內的青光越來越明。朝石台上望去，見供桌上有一樣東西正緩緩上升，正是那半塊天宇石碑。青光也正是由天宇石碑發出來的。

李道明迫不及待地上前，被苗君儒扯住：「別急，它會出來的！」

當香爐下面的沙堆漫到香爐的底部時，眾人聽到一聲細微的「咔答」聲，供桌上的天宇石碑，也不再上升了。

眾人擁上石台，李道明在周輝和劉若其的幫助下，將立著的石碑取了出來，平放在供桌上。

石碑通體青褐色，泛著青色的光芒，長約五十釐米，寬約八十釐米，厚度約為五釐米，正面有許多白色的亮點，隱約之間，那些亮點忽明忽暗，竟似浮在石碑的表面，像極了夜空中的星星；背面有一些文字，用的竟是篆體文字，是解釋碑面星辰變化的。可惜上面的一截沒有了，不然的話，是一副完整的星象圖。

「有水！」一個站在下面的士兵叫出來。

苗君儒望去，見香爐下面的沙堆已經不見了蹤跡，原先沙堆所在地方出現一個洞，水正從那個洞裏冒出來。與此同時，兩處進入洞穴的石門那裏，也聽到了清晰的流水聲。

「快走，這裏要被水淹了！」苗君儒說道。很多古代的墓葬內，都設了自毀的機關，一旦機關啟動，墓葬就會倒塌或者下陷，墓室內的盜墓者也難逃噩運。

剛才他將點著的香插到香爐裏，雖然拿到了天宇石碑，但同時也啟動了機關。用不了多久，整個洞穴就會被水淹沒。

一聽苗君儒這麼說，其他人忙向來路逃去。李道明將天宇石碑扛在肩上，隨著大家往外走。趙二走在最後，隨手將那本《六壬課》和那兩個金印藏在懷裏。

苗君儒來到石門旁邊的時候，水已經漫過了他的腳背。他很想知道，當年那些西夏人，是怎麼找到這裏，又是怎麼打開那兩塊巨石，避過兩條毒蛇進入內室，取走那半塊石碑的？

他的口袋裏裝著衛戍軍副統領拓跋羥的隨身玉牌，也許能從這塊玉牌上找到答案。

大家沿著石洞退回到井裏，由於人多，各自抓著繩索向上爬，一時間竟誰也爬不上去。

「不要驚慌，慢慢來！」苗君儒叫道。他要上面的人先用繩子將天宇石碑拉扯上去，井下的人排成兩隊，有次序地抓著繩子向上爬。

輪到林寶寶的時候，他對林卿雲說道：「姐，你先上，我是男子漢，不怕！」

「你們兩個一起上，快點！」苗君儒說道。說話間，水已經到達腰部了。

當井底下只剩下苗君儒和趙二的時候，水已經漫到他們的胸部了。苗君儒抓著繩子正要爬上去，突然聽到身邊的趙二低聲說：「苗教授，如果你不想死的話，就儘快想辦法離開他們！」

「為什麼？」苗君儒問。為了防止上面的人聽到他們說話，他也把聲音壓得很低。這一路上來，他並未小瞧這個瘦小的老頭。

「在我們的身後，最起碼還有兩撥人馬跟著我們，」趙二說道。

「你怎麼知道？」苗君儒問。

「憑我的經驗，」趙二說道：「那些被毒死的人，中的並不是蛇毒！」

苗君儒也感覺到第二次死的那些人，雖然七竅流血，但身上的皮膚卻不是青紫色，而是一種淡淡的黑色。和第一次死在山谷內的那些人不同。

「他們中的是什麼毒？」苗君儒問。

「我懷疑是子午斷腸草，」趙二說道：「這種毒混在飯內，吃下去的人當時並不能察覺，六個時辰後毒發，無藥可救，這種毒我以前只是聽前輩人說過，必須用十幾種毒藥配成，由於配方已經失落了，所以現在幾乎沒有人知道。你們中午的時候是不是在這裏吃過飯？」

昨天中午的時候，部隊炊事人員就在山坡上埋鍋做飯，他當時胃口不好，並沒有吃，沒想到居然逃過一劫。

「除了我之外，所有的人都死了，是誰下的毒呢？」苗君儒問。

「有一個人沒有死！」趙二說道：「是方參謀長派去的一個傳令兵！」

「你怎麼知道？」苗君儒問。

「因為當時我就躲在他房間的外面，聽到了他們的談話，那個傳令兵回答說事情辦好了，所以我懷疑是傳令兵奉命下的毒，方參謀長這個人很不簡單，」趙二說道：「我當時是想逃走的，我要想走的話，沒有人能夠困得住我！」

「你為什麼不逃走？」苗君儒問。

趙二說道：「我老婆孩子都被李老闆控制著！」

兩個人抓著繩子往上爬，爬上井口後，見下面的水勢還在不斷往上湧。

方參謀長問：「你們怎麼在下面那麼久？」

趙二說道：「我的腳不小心被井底的那半截蛇屍纏住了，是苗教授幫我解脫出來的！」

李道明站在那半塊天宇石碑的面前，對方參謀長說道：「現在只有半塊，也不知道有沒有用！」

方參謀長問：「難道沒有辦法找到另外的半塊嗎？」

苗君儒說道：「另外的半塊被當年的西夏人拿走了，能夠找到的可能性很低！」

方參謀長微微一笑：「我相信你們會有辦法找到的！」

那半塊天宇石碑在陽光的映照之下，泛起一層神奇的色彩，色彩之中，隱約可見一條七彩光環。

大家望著那光環，各自想著心事。他們沒有看到，在距離他們幾百米的一個土坡上，有一道人影一閃。

拿到天宇石碑後，李道明叫回了留在縣城裏的人，兩幫人馬會合在一起，分乘幾輛大卡車，向甘肅方向而去。

為了防止這半塊天宇石碑有失，李道明和方參謀長各自派人共同看守石碑，並將裝有石碑的卡車夾在車隊的中間。

林寶寶依然和苗君儒在一起，坐在李道明的車上。方參謀長和他手下的人坐在另一輛車上，跟在他們的後面。

車子一離開禮泉縣地界，李道明就問苗君儒：「你覺得方參謀長這個人怎麼樣？」

苗君儒反問：「你認為呢？」

李道明說道：「我已經聯繫了龍七，到時候把他手下的人處理掉！」

想不到李道明已經想到了對付方參謀長的辦法，這是他們之間的利益衝突，他不想摻和到裏面去，他說道：「那是你們之間的事情，和我無關！」

「怎麼會和你沒有關係？」李道明說道：「寶藏是我們的，誰也別想從我們手裏搶走，一路上有他們幫助，我們會省去許多麻煩，等到了地頭就動手！」

苗君儒說道：「單憑這半塊天宇石碑，我們很難找到寶藏的入口！」

「你別忘記了我們手裏還有一個關鍵的人物，就是最後和你從井裏爬上來的趙二，」李道明笑道：「他當年挖過的，可是西夏李元昊最信任的衛戍軍大統領拓跋圭的墳墓，這拓跋圭就是拓跋羥的父親，據我所知，在拓跋圭墳墓的不遠處，就是拓跋羥的墳墓，盜墓人從裏面挖出了不少好東西，可是他們也發現那是衣冠塚，還以為是假墓，誰也沒有想到，拓跋羥竟然死在袁天罡的墳墓內。也許李元昊覺得拓跋羥有功勞，才下令建了那座墳墓！」

苗君儒說道：「你的意思是，那半塊石碑也許在那兩座陵墓中？」

李道明點頭道：「我只是懷疑而已，否則就只有在李元昊的陵墓裏了！據藏寶圖上所示，寶藏並不在李元昊的陵墓內，而是與李元昊的陵墓有一定的距離，但是二者是有關連的！」

他望了一下後面的車子，接著說道：「令我想不通的是，當年拓跋羥帶著手下的人，是怎麼找到這裏，又是怎麼搬開那兩塊巨石，避過兩條毒蛇進入內室，取走那半塊石碑的？照西夏人的規矩，他們在戰場上是絕不會丟下自己人的屍體的，更何況是像拓跋羥那樣的人物，他們有時間拿走那半塊石碑，為什麼不把拓跋羥的屍首帶走呢？」

苗君儒說道：「我想和另外一個人有關！」

李道明問：「你是說死在拓跋羫旁邊的那個人？」

苗君儒說道：「你沒有看到那個人身上的衣服，和別人不同嗎？」

「是呀，我也覺得奇怪，好像是一種麻布道袍！」李道明說道：「難道那個人是個道士？」

苗君儒笑道：「李先生，你完全有能力到北大去當一名考古學教授！」

「我本來就是學考古的，」李道明說道：「我的老師是復旦大學的齊遠大教授！」

苗君儒微微一驚，想不到李道明還有這樣的一重身分，難怪認得那些西夏文字，他問道：「你為什麼不找齊教授，而要找我呢？」

「他一回來就病倒了，而且病得不輕！」李道明說道：「是他向我推薦了你！」

苗君儒和齊遠大一同從國外回來，兩人分手的時候，他記得齊遠大的身體還是很好的，怎麼這麼快就生病了呢？但是生病這樣的事情，很多大病往往來得很突然，生病的人表面上還都是很健康的樣子，轉眼就倒下了。

「哦，齊教授是我的好朋友，有時間我要去看望他！」苗君儒說道。

李道明回到剛才的話題上，問道：「苗教授，你認為那個死在拓跋羟身邊的道士是什麼人？」

苗君儒搖頭：「那個道士身上並沒有可證明他身分的東西，這很難讓人知道他是什麼人，一個道士居然和西夏的內衛一起，確實讓人覺得匪夷所思，要知道，西夏國崇尚的是佛教，並不是道教！」

李道明問：「我也覺得奇怪，你說會不會和道宣子有關？」

苗君儒笑道：「想不到你對西夏國的歷史那麼精通，我怎麼就沒有想到他呢？」

道宣子是宋朝初年的一個道士，據說得到了袁天罡的真傳，精通周易八卦，能未卜先知，後來不知道為什麼被宋太宗和宋仁宗追殺，逃到西夏去了。宋朝派人前去向李元昊要人，結果要不回來，為此兩國差點發生戰爭。李元昊為了一個區區的道士，居然願意得罪宋仁宗，這道宣子確實不簡單。

史書上關於道宣子的介紹少得可憐，除這件事外，還有就是李元昊封道宣子為西夏天師，此舉引來西夏國內諸多大臣的反對，但是李元昊並未採納大臣們的意見，在封道宣子為西夏天師後，還下令修建了一座道觀。李元昊死後，那座道觀就被太子寧林格下令燒毀，道觀內所有的道士皆被屠殺，但並未有西夏天師。有很多民間的傳言，說道宣子知道會遭此一劫，事先就逃走了。

「我懷疑那個人就是道宣子，」李道明說道：「只有他才知道袁天罡的真墓所在！」

苗君儒問：「可是他們又是怎麼進去的呢？」

李道明說道：「這倒是一個謎團！要不我們先去那個道觀的遺址看看，道觀的遺址就在銀川東南一座叫天極山的山上，也許在那裏能發現什麼。」

聽著李道明這些話，苗君儒不得不對李道明刮目相看，就算是一個考古學畢業的學生，對西夏那段歷史的瞭解，也是有限度的。看來，李道明研究那一段歷史，絕非一兩年的事情，既然是這樣，李家的人為了尋找到寶藏，也算是下了一番苦工了。

車隊一路上日行夜宿，離開了閻錫山西北軍的勢力範圍，繞過共產黨人控制的陝西地界，進入了馬鴻奎馬步芳這對馬氏兄弟的地盤。有方參謀長的軍隊一起，確實免去了很多麻煩，十天後，他們到了銀川。

但是他們並未在銀川停留，而是按李道明的意思，直奔天極山。

第七章

道觀鬼影

「嗡」的一聲，士兵的頭突然離開了他的身體，
頭顱滾落在地，鮮血從脖子裏噴出來，濺到台階上。
他的無頭屍體往前走了幾步，撲倒在地。
林卿雲緊緊抓著弟弟的手，躲在苗君儒的身後，
身體害怕得微微發抖。

天極山距離銀川有一百多里地，是賀蘭山的餘脈，地形山勢陡峭，奇峰羅列，由山腳到山上的道觀路上，只有一條不足一米的山道，山道之險並不亞於華山。

當年西夏國在這裏修建道觀，不久就被焚毀，後來陸續有人在原址上結廬成觀，道教的香火從此在這座山上延續下來。

車隊與傍晚時分到達山下的小村，李道明和方參謀長商議後，決定留下大部分人在山下駐紮下來，負責看守那半塊天宇石碑。而他們幾個，則帶著其餘的人連夜上山。

周輝和劉若其覺得很累，不想上山，林卿雲則願意跟著上去。林寶寶則是緊跟著苗君儒，走到哪裏都不落下。

「山道很險，大家注意點就是！」李道明說道。

他們找來了一個當地的嚮導，說是連夜上山，那個嚮導一聽，嚇得臉都白了，說什麼也不願意上去。一問之下，才知道從一年前開始，每到晚上，山上的道觀裏就鬧鬼，嚇死了好幾個人。

道士本來就是捉鬼驅邪的，於是擺下了捉鬼法壇，可是當天晚上，一陣狂風過後，天師殿內出現許多無頭鬼影，那些鬼很猛，根本不怕道士。結果不但沒有捉到鬼，反而又死了幾個人。死的人一個個都被吸光血，而且連頭都不見了。後來有人說，是當年那些被殺的道士冤魂不散，事隔九百年，出來找替身的。

那個嚮導說道：「現在山上都沒有人住了，住一個死一個，也沒有人敢上去，上去的人全都沒有下來。」

苗君儒問：「是什麼時候開始的事情？」

那個嚮導看了一眼大家，說道：「是去年六月裏的事，具體的時間我不是很清楚。」

苗君儒對李道明說道：「既然是這樣，要麼我們先休息一下，明天上去就是了！」

李道明笑道：「苗教授，你相信這世界上有鬼嗎？如果真的有鬼的話，我倒想見識一下！」

苗君儒沒有說話，只望了方參謀長和林卿雲一眼。趙二站在李道明的身後，他從來是沒有發言權的。

方參謀長說道：「我無所謂，在戰場上，我見過的死人比活人還多，也沒有聽說過有鬼！」

那個嚮導說道：「要去你們找別人去吧，我可不敢去！」

李道明一把抓著那個嚮導胸前的衣服，嚴厲地說道：「把我們帶上去後，你就可以回來，我們有這麼多人，你還怕什麼？好，不去也行，那我們先殺了你，再找別人！」

在李道明的威逼利誘下，那個嚮導終於答應帶路，但是他只願意帶大家到距離道觀不遠的天極台，並不上去。

從村子裏出來，嚮導走在前面，手裏提了一些香燭，說是到山上後燒，否則被那些冤鬼纏身，就麻煩了。

出村後，一行十幾個人沿著一條坑窪不平的小道走了半個小時，進入一道山谷。山谷兩邊的樹木高大蔥郁，幾乎籠罩住了山谷，在夜色下，平添了幾分陰森恐怖的感覺。

「老爸，我有點怕！」林寶寶跟在苗君儒的身後，扯著苗君儒的衣襟說道。

「早知道這樣，你就不應該來，跟他們兩個一起留在村子裏！」林卿雲說道。她說他們是指周輝和劉若其。

「姐，要是下次再到有鬼的地方去，我可不去了！」林寶寶說道。

山谷內傳來幾聲怪異的叫聲，前面的人頓時停住了腳步。

苗君儒大聲道：「大家不要怕，是貓頭鷹的叫聲！」

他的話音剛落，大家聽到一陣翅膀的撲騰聲，幾個影子從山谷間閃過。

山谷幽暗，李道明拔出手槍，朝山谷兩邊開了幾槍，槍聲在山谷裏迴盪，顯得空曠而悠遠。樹林裏又衝起幾個影子，遠遠地飛開去。

李道明指著身邊的兩個人說道：「你們兩個跟著嚮導，一有動靜馬上開槍，不管是人是鬼！」

出了山谷，就是上山的山道了。這時，有人叫起來，原來是走在最後的幾個人不見了。那幾個人都是李道明的人，被安排走在大家的後面，他們是怎麼失蹤的，居然連一點聲音都沒有？

「這個山谷裏很邪的，以前經常有人在這裏遇見鬼，都是一些無頭鬼！」嚮導說著，點燃了三支香，朝四周拜了幾拜後，插到路邊的土裏。

上山的道路確實難走，大家小心翼翼地走了兩個小時，來到一座山峰上。見峰頂平坦，四周用石塊砌成，像極了長城上的烽火台，不同的是中間有一座石台，石台上有一個大香爐。香爐的旁邊散落著很多香灰和燒到一半的香燭。這裏就是天極台了。除上來的山道和繼續往上去的山道外，兩邊都是高達萬丈的懸崖。

苗君儒站在台階上，看著後面的人，上山後，走在後面的人並未離奇失蹤。他望了李道明一眼，見李道明正望著山下小村莊的方向。

「前面就是天極宮了！」嚮導說著，將香燭點燃，朝天極宮方向拜了幾下，插到香爐裏，轉身要下山。

苗君儒朝前面觀望了一下，隱約可見到那座最高的山峰上，有一些建築物。他便上前幾步，攔在嚮導的面前，問道：「你若一個人回去，難道不怕山谷裏的鬼嗎？」

嚮導驚慌失措地說道：「山……山谷裏沒有……是山上……」

一聲槍響，嚮導胸部中彈，身體往後退了幾步，跌下了懸崖。

方參謀長將槍口轉向李道明，說道：「這個人本來就是鬼，李老闆，我說的沒有錯吧？」

李道明一愣，問道：「方參謀長，你這是什麼意思？」

方參謀長笑道：「這個人沒有膽量和我們上去，卻有膽量一個人回去，你不認為很奇怪嗎？」

李道明問道：「這和我有什麼關係？」

方參謀長說道：「一年前這山上開始鬧鬼，我想是在令尊那批人來過之後吧？怎麼和你沒有關係呢？而且我看到你在山道上的時候，偷偷交給他一樣東西，我想你們早就認識！」

李道明問道：「你到底是什麼人？」

「一個真心和你合作的人，」方參謀長說道：「你帶我們來這裏找什麼道觀，並連夜上山，絕對不僅是看看山上有沒有鬼那麼簡單，你心裏怎麼想的我並不清楚，但是有一點我可以肯定，用不了多久，山下就會傳來槍聲！我手下總共有四十二個人，除帶上來的十六個外，還有廿六個人在下面，你認為你手下那二十幾個人能夠對付得了他們嗎？」

苗君儒站在一旁，他想到的問題，沒有想到方參謀長也想到了。一年前李子衡帶人來過這裏，想必也是要找什麼東西。這件事應該只有趙二才知道，方參謀長又是怎麼知道的呢？

李子衡來這裏究竟要找什麼呢，莫非他懷疑從袁天罡真墓中偷盜出來的半塊天宇石碑，就藏在這山上？可是李子衡的弟弟李子新遭遇虺蛇，並未進入袁天罡真墓，李子衡應該不可能知道天宇石碑被盜走半塊的事情，那麼，到這裏來究竟是找什麼？

「方參謀長，我還小看你了，」李道明說道：「原來你早就猜到我會想辦法除掉你，那我現在不妨告訴你，現在最起碼有一支一百多人的隊伍包圍那座村莊，再加上我的人裏應外合，應該能夠對付了吧？」

方參謀長的臉色一變，說道：「想不到你串通土匪！」

李道明說道：「你們這些穿著軍服的人，行事起來比土匪都不如，最起碼，土匪還講究江湖道義，而你們卻為了一己私欲，連自己人都下得了手！你利用姓焦的除掉林團長，卻在後面暗下殺手，將姓焦的人全部除掉！能夠擁有江湖上早已經失傳的子午斷腸草，我看你也不是普通人。」

方參謀長笑道：「看來我們兩個人是棋逢對手，可是現在你身邊只有八個人，就算苗教授和那個女的幫你，也沒有辦法和我對抗！其實你完全沒有必要叫你那幾個走在隊伍後面的人回去。」

李道明說道：「我安排他們去接應龍七的人！」

苗君儒以為那幾個人是神秘失蹤，原來是偷偷回去了，難怪一聲不響的。一看情況不對，林卿雲忙躲到他的身邊，緊緊拉著弟弟的手。

方參謀長笑道：「現在你被我控制了，就算你的人控制了下面又怎麼樣？」

雙方的人分站在兩邊，各自持槍面對，情勢一觸即發。

趙二手上沒有槍，他看看那些人，忙走到苗君儒的身邊來了。

如果雙方開槍，難免會傷及無辜，苗君儒說道：「如果你們開槍的話，誰也討不著好！方參謀長，你既然來了，為什麼不上去看看去年李子衡想要在這裏找什麼呢？」

苗君儒也想知道李子衡在這裏找什麼。

方參謀長笑道：「這很簡單，問問李老闆不就知道了嗎？」

李道明說道：「方參謀長不可能不知道天師神劍吧？」

方參謀長一驚：「你是說專克邪物的天師神劍？」

天師神劍是道教的聖物，漢末張陵創教，自稱太上老君降命為天師，故世稱張天師，其教亦稱天師道。置二十四治（即教區），其中陽平治為各治之首，類似中央教區，制「陽平治都功印」，連同「三五斬邪雌雄劍」和經籙，為象徵天師掌教權威之法器，規定「紹吾之位，非吾家宗親子孫不傳」。那「三五斬邪雌雄劍」就是民間傳說中的天師神劍，本來供奉於江西龍虎山天師殿中，後來於唐末戰亂中失蹤。

苗君儒終於明白，原來李子衡到這裏來，是尋找專門克制邪物的天師神劍，用來對付魔鬼地域的異類。在天師神劍和天宇石碑都沒有找到的情況下，為什麼李子衡還要帶人前往魔鬼地域呢？

李道明說道：「一年前，我父親派上山尋找天師神劍的幾人同時被殺，從那以後，山上就鬧鬼了！」

苗君儒問：「那他為什麼不繼續派人上山？」

李道明說道：「我也不知道為什麼，如果不是趙二對我說，我都不知道這件事！」

「趙二，」苗君儒望著身邊的這個老頭子。

「是的，」趙二說道：「一年前，我們也在山下那個村子裏住了一個晚上，可是第二天就離開了，後來才聽說上山去的人沒有回來。」

苗君儒望了一下山下，並未有槍聲傳來，想必那些土匪還沒有下手。

這時，他發覺月光不知道為什麼被厚厚的雲層遮住了，看樣子，用不了多久就有雷陣雨。

方參謀長問道：「你怎麼知道天師神劍在這山上？」

李道明說道：「天師神劍原來有兩把，都在江西龍虎山，後來被一個老道士將兩把劍用玄術合二為一了，唐末天下大亂，道士汪道格偷劍下山，赴山西龍門洞道觀修真，後神劍不知所蹤。你們也許不知道，西夏天師道宣子就是汪道格的大弟子。」

方參謀長問道：「據我所知，道宣子曾被宋朝皇帝下令追殺，難道就是為了那把劍？」

李道明說道：「別以為那是一把普通的劍，是道教的聖物，它附有一種神奇的力量，能夠抵擋一切鬼怪魔靈。宋仁宗之所以要派人追殺道宣子，肯定是道宣子偷走了那把劍。據宋史記載，宋仁宗信奉道教，宮內養道煉丹，如果在煉丹的時候得到天師神劍的相助，定可大功告成。」

方參謀長笑道：「你說天師神劍能驅魔辟邪，可是這山上，為什麼還有那麼多鬼怪！」

李道明說道：「正因為我不相信，所以才要連夜上來看！」

方參謀長將槍口瞄準李道明的頭部，說道：「我憑什麼要相信你？」

李道明將頭望向山頂處，月光下，可見一棟棟道觀式樣的建築物，他說道：「你要是不相信我的話，就開槍呀！」

方參謀長說道：「好，我信你，和你一起上去，但是你先命令你的人放下槍！」

李道明的人放下槍後，方參謀長的人迅速把槍收了去。這樣一來，李道明和苗君儒等人都成了方參謀長的俘虜。

在方參謀長的槍口下，李道明的那幾個手下人走在前面，沿著山道向峰頂的道觀走去。從天極台到峰頂的山道雖然不陡，但是在山脊上，兩邊都是萬丈深淵。膽子小的，忍不住會雙腿發抖。

當他們走到離道觀還有一段距離的時候，突然狂風四起，烏雲蓋頂，一道霹靂擊在道觀的正殿頂上，冒起一串火花，聲勢甚為駭人。

走在最前面那個嚇得大叫，轉身時不小心一腳踩空，人影在懸崖邊一晃就不見了，只聽到從下面傳來的慘叫聲。

方參謀長說道：「李老闆，看來你的人很不中用，只好委屈你了！」

李道明看著方參謀長的槍口，微笑著走到隊伍的最前面。

他們就站在道觀正殿的門口，正殿的門關著，上方有一塊匾額，匾額上四個蒼勁的大字：天極靈宮。也不知道出自哪位書法大師的手筆。

此時，天空中的烏雲不知怎麼突然散去了，明亮的月光照得正殿前人影幢幢，增添了幾分詭異的色彩。

整個道觀建立在天極山的頂峰，面積並不是很大，除了正殿外，還有幾處偏殿。偌大的道觀，居然沒有一處燈火。也許正如嚮導所說的，所有人都下山去了。

有人想要去推開正殿的門，突然從裏面傳來一聲慘叫，那聲音淒厲之極，聽得大家毛骨悚然。正殿的門「吱呀」一聲緩緩開啟，從裏面湧出許多影子來，那些影子一個個井然有序地走出來，並分立兩邊，像在迎接賓客。

大家看到，這些影子全都是沒有頭的。

方參謀長手下的人已不等他下令，全都朝著那些影子開火了。槍聲中，那些影子依然站立在那裏，並未有任何損傷。倒是離正殿最近的兩個人，被流彈擊中，眼看不能活了。

槍聲平息下來，大家望著那些影子，心頭雖然有些害怕，但比剛才好多了。最起碼，這些影子並沒有像嚮導說的那樣，殺人吸血。他們也許只是影子而已，並不具備害人的能力。

一個膽子大的士兵端槍朝那些影子走過去，他走上台階，來到正殿門口那些影子中間。大家聽到「嗡」的一聲，眼看著那個士兵的頭突然離開了他的身體，頭顱滾落在地，一腔鮮血從脖子裏噴出來，濺到台階上。他的無頭屍體往前走了幾步，撲倒在地。

其他人大驚，下意識地朝後退去。

饒是苗君儒見多識廣，但是這種殺人的場面，還是第一次見到。林卿雲緊緊抓著弟弟的手，躲在苗君儒的身後，身體害怕得微微發抖。

「不要怕，有我呢！」苗君儒輕聲說道：「這個世界上沒有鬼！」

他朝身後看了一下，除了林卿雲姐弟倆外，還有一根高大的旗桿，那旗桿正對著正殿的門。他到過很多道觀，也見過不少道觀門前立著的旗桿，一般都在偏殿的旁邊，像這樣正對著正殿的，還是第一次看到。剛才聽到聲音的時候，感覺聲音來自身後，好像就在旗桿的位置發出來的。

莫非這根旗桿有鬼？

他走到旗桿下面，見旗桿是鐵製的，高約七八米。上面空蕩蕩的，什麼也沒有，下端是一塊方形巨石。除此之外，看不出什麼異常。

他對旁邊的一個士兵說：「把你的槍借我一下！」

得到方參謀長的許可，那個士兵把手裏的步槍給了苗君儒，苗君儒高舉著槍，在旗桿面對正殿的方向左右晃了幾下，他明顯感覺到槍支晃動的過程中受到阻隔。就在那時，大家也看到正殿門口的影子也左右晃動了幾下。

苗君儒對著正殿內大聲叫道：「你們到底是什麼人，竟然用這種方法殺人？」

方參謀長叫道：「媽的，不管你們是人是鬼，燒死你們！」

他大叫著，將手中的火把往正殿內扔進去。火把撞到門邊上，掉落在地。

正殿內亮起了火光，門口隨即出現一個人，那人穿著道袍，走到台階前，大聲問道：「你們是什麼人？」

方參謀長手中的槍響了，門口那道人身體中彈，倒在那士兵的無頭屍體旁邊。

大家衝進正殿，見殿內空無一人，兩根石頭柱子上，還有幾道纏繞在一起的鋼絲。鋼絲繞過外面的鐵旗桿，分別纏在兩根柱子上，兩端都可以拉扯。剛才外面的那些無頭影子，其實就是掛在鋼絲上的道袍。在夜色中，肉眼看不到鋼絲，只看到道袍，還以為是人影。至於那個掉了腦袋的士兵，是被兩股交叉的鋼絲所殺。鋼絲纖細，在重力的扯拉之下，斷人頭顱是輕而易舉的事。

李道明望著苗君儒，問道：「你是怎麼發現的？」

苗君儒說道：「我只是覺得那旗桿有些古怪！」

正殿並不大，正中三尊三清神像，旁邊供奉著一些神祇，三清神像面前香爐中的煙灰已經冷卻，應該有很久沒有上香了。方參謀長手下的士兵在正殿內搜了一通，並未發現有第二個人。

方參謀長走到苗君儒面前：「不是說沒有人的嗎，怎麼還有人在這裏？」他朝手下人命令，「去別的地方搜，我就不相信找不到一個人。」

那些士兵衝出正殿，往偏殿那邊搜去了。

苗君儒並沒有回答方參謀長的話，他沿著石柱上的鋼絲，來到三清神像的背面，見神像是木製的，立在磚石上。這些磚石每一塊都兩尺見方，層層相疊。鋼絲從前面繞過來後，進入一條石縫中。

他在那些磚石的旁邊看了一下，右手朝一塊磚石用力按了下去。「轟隆」一聲，腳邊出現一個大洞，幸虧他有所防備，才沒有掉下去。

「如果沒有這些鋼絲，我怎麼也找不到這個洞，」苗君儒對身後的林卿雲說道：「那些人這麼做，肯定有著不可告人的秘密！」

林卿雲說道：「那把劍可能就在這洞裏！」

「你們兩個先下去！」李道明推了一下身邊的兩個手下人。

那兩個人舉著火把，朝洞內看了一眼，面露懼色。

李道明罵道：「你們剛才都看到了，哪裏來的鬼，都是人在作怪！怕什麼？」

苗君儒說道：「算了，還是我先下吧！」

那兩個人相互看了一眼，緊跟著苗君儒進入洞內。

洞內並不大，一排台階筆直往下，剛開始的時候，人只能彎著腰走，下了幾個台階後，就可以直起身體了。他看到有幾塊石頭被鋼絲吊著，從上面垂下來。石頭原來是放在洞口的，被人為地推下後，下墜的力道很大，帶動綁在上面的鋼絲，起到殺人於無形的效果。

兩邊的洞壁都是石頭砌成，腳下的也是石板，這樣的地方最可能有機關。苗君儒每走一步都很小心，並用手裏的步槍敲擊洞壁和腳下的地面，從聲音來判斷有沒有機關的存在。

「進來吧，這裏沒有機關！」一個聲音從前面傳來，沙啞而空洞，像是從地獄中傳出來的。

苗君儒嚇了一跳，他愣了一下，將手裏的槍交給後面的人，大步向前走去。前行十幾米，進入一間石室。石室也不大，三四十個平方的樣子，裏面放著桌子、椅子，還有一些其他的生活用具。

苗君儒看見石室右邊的一張床上躺著一具乾屍，除此之外並無一人，剛才的聲音是什麼人發出的呢？

「你們也是來找天師神劍的吧？」苗君儒朝發出聲音的地方望去，見那乾屍已經坐了起來，嘴一張一合。想不到乾屍也能夠說話，真的邪門了。

「殭屍！」身後那個拿槍的人嚇得把槍掉在地上。

那乾屍朝苗君儒緩緩伸出了手，火光中，只見那手枯瘦灰白，指甲尖尖有寸把長，不是殭屍是什麼？

苗君儒後退了幾步，朝乾屍說道：「你到底是人是鬼？」

乾屍歎了一口氣：「我還沒有死！」

苗君儒走近前，見床上的人盤腿坐著，形如枯槁，眼窩深深陷了下去，蓬亂而灰白的長髮幾乎遮住了整個臉龐。若不仔細看，還真以為是具乾屍。

苗君儒問道：「你是誰？」

「我是這裏的元善道長！」元善道長說道。

苗君儒問道：「你怎麼知道我們是來找天師神劍的？」

元善道長緩緩說道：「這種時候上山來的，不為了天師神劍，那是為了什麼？」

苗君儒看了一下石室，問道：「你怎麼知道現在是晚上？」

「我聽觀內的鐘聲，」元善道長緩緩說道：「四年前，這裏來了幾個人，他殺了我的徒弟，打斷了我的雙腿，將我關在這裏，每天逼問我天師神劍的下落。為了怕人看穿，他們打扮成道人的模樣。」

「四年前就有人來這裏找天師神劍了？」苗君儒暗驚。

「一年前，也有一幫人上來找天師神劍，結果被他們殺了，」元善道長說道：「也不知道為什麼，從那以後，每到晚上，就再也聽不到上面有人走動的聲音了。」

元善道長的話剛落，苗君儒果然聽到了來自頭頂的紛雜腳步聲，隱約還有槍聲，只是槍聲顯得很遙遠。他心道：難道山下那邊已經動手了？

方參謀長衝上前，把槍頂在李道明的頭上，說道：「山下的事情，你得手了，但是你別高興得太早，你還在我的手裏！」

李道明說道：「方參謀長，你是聰明人，知道該怎麼做，我不喜歡被人用槍指著頭！」

方參謀長說道：「誰都不喜歡被人用槍指著頭，可是我沒有辦法。」

苗君儒可不管李道明他們兩人的事情，他站在床沿問道：「你一定知道天師神劍在哪裏，對不對？」

元善道長說道：「我是知道，可是沒有人能夠找得到！每一個來問天師神劍的，我都會告訴他們，可是沒有人相信我說的話。」

苗君儒問：「為什麼？」

元善道長說道：「因為他們都認為我在騙他們，他們相信天師神劍一定在山上。」

苗君儒問：「你都是怎麼告訴他們的？」

「當年李元昊的太子命人焚毀道觀，屠殺道士，那時候，天師神劍就不見了，」元善道長說道：「在天極峰後面的山崖上，有幾個字，如果你能夠破解那些字的意思，你就能夠找到天師神劍！」

苗君儒問：「你的意思是至今沒有人破解？」

元善道長說道：「他們以為我故弄玄虛，所以把我折磨成這樣子！」

李道明說道：「我們憑什麼相信你的話？」

元善道長閉上了眼睛，一動也不動。在火把晃動的光線下，看上去，完全就是一具被人擺在那裏的乾屍。

當第一縷晨曦升起的時候，站在懸崖邊上的苗君儒，就已經看到了右側懸崖下的四個字，每個字一米見方，是西夏文，這四個字的意思並不連貫，翻譯成漢文的意思是：黃、一、羌、春。

他沉吟了一下，一時也弄不明白這四個字的意思。

「我懷疑是那老道士在搞鬼，」方參謀長說道：「苗教授，你認為呢？」

「當年西夏太子寧林格確實派人燒了道觀，殺光道人，也許真的將天師神劍拿走了，」苗君儒說道：「只是我不明白，這四個西夏文字是誰刻下的，又是代表什麼意思呢？」

除苗君儒和林卿雲姐弟外，李道明和趙二及手下的人，都被士兵們綁了起來。

「也許那個老道士知道！」方參謀長說道。

當苗君儒再次回到那間地下室的時候，見老道士仍一動不動地坐在那裏，他問了好幾遍話，老道士都不回答。一個士兵上前推了老道士一把，見老道士的身體一斜，歪倒在床上。

苗君儒將手放到老道士的鼻子底下探了探，感覺不到半點熱氣。就在他的手離開老道士的時候，他的眼睛瞟見老道士的脖子上好像掛著一件東西，順手拿了起來，見是一塊玉牌，玉牌的式樣和他在袁天罡真墓中見到的那塊一樣，玉牌上有幾個字：瓜州西平軍司府。

老道士的身上怎麼會有這樣的玉牌？瓜州西平軍司是西夏的右廂軍隊，是防止回紇與西州回鶻的，怎麼會被派來這裏呢？這塊玉牌的主人又是什麼人呢？也許只有找到這塊玉牌的主人，才能解開西夏太子寧林格派人來這裏燒觀殺人的歷史真相，以及天師神劍的失蹤之謎。

可是玉牌的主人已經死了近千年了，怎麼才能找到呢？

方參謀長問道：「你是不是想到了什麼辦法？」

苗君儒拿著玉牌說道：「我們只有從玉牌上去尋找線索了！」

離開石室後，苗君儒來到正殿的前面，見台階下綁著幾個人，邊上一個士兵說，這幾個是昨天夜裏在偏殿的房子抓到的。

已經有人審問過，但是這幾個人就是不吭聲。也不知道是受誰指使的，四年前就來到這裏，控制住了老道士，殺掉了道觀裏的人，這四年來，他們並沒有從老道士口裏逼出什麼來。

其實老道士已經說了，可是沒有人相信。

方參謀長朝手下人做了一個處決的手勢，士兵們剛要開槍，見一個人突然起身朝林卿雲衝過去，同時叫道：「小姐……」

「不要殺他們！」苗君儒瞬間明白過來，可是他的話被槍聲蓋住，士兵們槍口射出的子彈穿透了那幾個人的身體。

「他們是你的人？」方參謀長望著林卿雲，說道：「有你在這裏，難怪他們剛才什麼都不肯說，我還以為你和李老闆是一路的呢。」

林卿雲說道：「可是我並不認得他們呀！」

苗君儒從幾具屍體前走過，來到方參謀長面前：「應該說是她父親的人，四年前，她還只是一個中學生。」

被綁在一旁的李道明叫道：「林福平不是死了嗎？」

苗君儒說道：「可這些人並不知道他死了。他四年前就已經派他們來這裏，我想他和你一樣，很早就關注與寶藏相關的東西。」

說到這裏，他突然想起林福平的死亡現場，兇手要找的，也許並不是藏寶圖，而是天師神劍。

只要把天師神劍搞到手，持有藏寶圖的人肯定會來找他合作，因為沒有他的天師神劍是不行的！可是誰又知道林福平與天師神劍的關係呢？

一年前，藏寶圖在李子衡手裏，一年後，藏寶圖到了林福平的手裏。可惜林福平已經死了，無法知道他是怎麼弄到藏寶圖的。

下山的時候，方參謀長命人一把火將道觀燒了。他們走到了山腳，還可以看見山頂上沖天大火。

他們走出山谷，就看到小村前面站著不少人，領頭的是一個身材高大威猛的漢子。

方參謀長對兩個士兵說道：「你們陪這位小姐過去，開兩輛車過來，告訴他們的人，要是敢亂來，我首先殺了這個姓李的！」

他接著對林卿雲說道：「焦團長是個好色之徒，我把你從他手下救出來，是感謝林團長當年救過我，現在我們互不相欠，麻煩你告訴那邊的人，就說我們在安西見面，至於你的弟弟，就暫時留在我們身邊吧！」

林卿雲被兩個士兵押著，朝村子裏走去，沒有多久，那兩個士兵開著兩輛車子回來了。

李道明等人被那些士兵押上車，苗君儒則被方參謀長逼著進到駕駛室內，車子很快絕塵而去。

第八章

二龍戲水天子穴

古仁德提到二龍戲水天子穴的墓葬，
說唐太宗的昭陵墓葬，前面是渭水，後面是涇水。
二龍戲水乃是絕佳的風水寶地，可遇而不可求。
入葬後可保子孫六代為帝。
棺槨旁邊水流的樣子，和古仁德說的一樣。
是誰為墓主布下這個二龍戲水天子穴？

安西，古稱瓜洲，為歷代軍事重鎮，距此往西就是玉門關，往南就是發現西夏大批經卷佛教壁畫的敦煌莫高窟。西夏時期在這裏設置西平軍司府，擁有數萬人的重兵把守。

苗君儒到達安西的時間是中午，從駕駛座下來，他感覺整個人都要散掉了，一路上他們很少停車，也很少住宿。街邊的一處牆角，坐著一個老乞丐。看到這老乞丐，苗君儒覺得似乎在什麼地方見過。

這裏的日頭白晃晃的，刺人眼睛，陣陣熱風迎面，腳踩在沙地上，感覺很燙人。

鎮子並不大，也就一兩百戶人家，住的大多是回民。偶爾見一兩個蒙民牽著馬或者駱駝走過。

方參謀長下車後，走進路邊的一個旅社，沒多久，從裏面帶一個大鬍子的回民出來。他來到苗君儒面前，說道：「我們暫時住在這裏，苗教授，我要和你好好談談！」

林寶寶被一個士兵從車上拉下來，他看到苗君儒，叫著「老爸」，要跑上前，卻被那個士兵一槍托打倒在地。

苗君儒極為憤怒地走過去，突然一拳擊在那個士兵的下頷，那個士兵臉上噴出一嘴的鮮血和牙齒後，身體重重地倒在地上。其餘的士兵見狀，將槍口瞄準了他。

他從地上扶起林寶寶，摟在懷裏，對那些士兵說道：「千萬別惹我生氣！」接著，他將對著他的兩支槍推開，走到方參謀長面前，說道：「我們兩個確實需要好好談談！」

他跟著方參謀長進了院子，那個大鬍子回民在前面帶路，將他們領進了一間客房。客房內很簡單，除了一張床和一張桌子外，幾乎沒有東西了。

方參謀長在桌旁的凳子上坐下來，向苗君儒介紹道：「他叫阿卡杜拉，是這家旅店的老闆！」

苗君儒看了他們兩人一眼，說道：「看來你們早就認識！」

方參謀長說道：「是的，我和他是老朋友！」

「阿卡杜拉的意思是真主之僕，」苗君儒說道：「他絕不僅僅是旅店的老闆這麼簡單！」

他剛才進來的時候，看到院子裏有不少精壯的回族漢子，一個個身材彪悍，眼露凶光。而且也聽到從後院傳來的馬嘶聲，馬匹好像還不少。

方參謀長說道：「你還知道什麼？」

苗君儒也跟著坐了下來，林寶寶站在他的旁邊，他說道：「一年前，李子衡他們那幫人應該也是住在這裏，我剛才下車的時候，從趙二的眼神中看出來了，李子衡那幫人失蹤後，他是唯一逃回來的活口，我想這應該是阿卡杜拉的傑作吧？」

阿卡杜拉說道：「你錯了，我並沒有動他們！」

他的漢語說得很流利。

方參謀長拿出了從李道明身上搜出來的藏寶圖，說道：「其實這張圖並沒有多大的用處，你認為呢？」

「當然，只要看過圖的人，都知道寶藏的大致位置，」苗君儒說道：「關鍵的是天師神劍和天宇石碑！」

「我用李道明來換取那半塊天宇石碑，」方參謀長說道：「只要找到剩下的半塊石碑和天師神劍，就可以進入魔鬼地域了！」

「可是我到現在還不知道天極峰石壁上的那幾個字是什麼意思，」苗君儒說道：「單憑我手上的兩塊玉牌，估計很難找得到！」

方參謀長露出一絲陰冷的微笑，說道：「我不相信你沒有辦法，在他們的人沒有到達這裏之前，我希望你能夠破解那幾個字的意思，帶我們找到半塊天宇石碑和天師神劍！」

李道明手下的人在三天後到達了安西，領頭的是龍七。他們手上有七個士兵俘虜。

這時，距離六月廿二日還剩八天的時間。

雙方的人在小鎮唯一的一條大街上相對而立，方參謀長提出用李道明來換取那半塊天宇石碑和七個士兵，但是龍七說什麼也不答應。他手底下有百把號人，另外還有一些李道明的人，在實力上完全佔優勢。他坐在一匹青鬃馬上，斜眼望著對面的人，就在他打算強行用武力解決的時候，見街道兩邊的屋子裏陸續伸出許多槍支，黑洞洞的槍口對著他們。

不好，被包圍了！

龍七原以為方參謀長只有十幾個人，但是他忽略了阿卡杜拉。槍聲響了，龍七手下的人紛紛中槍倒地，但是他們畢竟是久經考驗的慣匪，而且人數眾多，迅速佔領了地形，和阿卡杜拉的人對射。

槍聲中，雙方不斷有人中彈倒下。

「大家都停手！」方參謀長大喊著，一手扯著李道明，將槍口抵在李道明的頭上，叫道：「龍七爺，這樣打下去對誰都沒有好處！」

龍七躲在一堵矮牆後面，叫道：「這裏可不是你們西北軍的地盤，老子不怕你！就憑那幾個回回，敢對老子怎麼樣？」

雙方的人漸漸停止了開槍，龍七手下的人死了十幾個，阿卡杜拉手下的人也死了好幾個。

方參謀長大聲道：「你可以和李老闆合作，為什麼不和我們合作呢？你以為我們就那幾個回回嗎？」

李道明說道：「姓方的，你有本事乾脆朝我頭上開一槍，我們之間的帳就兩清了，否則，別怪我手狠！」

方參謀長說道：「我倒想領教一下李老闆的手到底有多狠！」

苗君儒站在他們的身後不遠處，雙方槍戰的時候，他最擔心的就是林卿雲、周輝和劉若其三人的安危。還好，由始至終他都沒有見到他們三個人，難道已經被龍七殺了？

他往前走了幾步，大聲問：「我的那幾個學生呢？」

龍七那邊的人回答：「跑了！」

聽到這句話，苗君儒鬆了一口氣，回身的時候，他見林寶寶的眼睛不時望向那個老乞丐。這時，他突然想起，在陽原縣的時候，也見過這個老乞丐。

見苗君儒望著他，那個老乞丐支起身子，蹣跚著朝遠處走去了。

經過一番討價還價，方參謀長用李道明和趙二，換回了那半塊天宇石碑和兩個士兵，但是他手下的另幾個士兵，仍在龍七的手裏。

雙方的人各自退開，龍七和李道明帶人離開了鎮子。走的時候，李道明對方參謀長說道：「我們後會有期！」

半塊天宇石碑到手，方參謀長尋思著要儘快找到另外的半塊和天師神劍。可是苗君儒告訴他，仍沒有解開那幾個字的意思。

方參謀長懷疑苗君儒已經破解了那幾個字的意思，卻故意不告訴他，於是說道：「看來我只好殺掉你的兒子！」

「我說過，我們可以從玉牌上尋找線索，」苗君儒說道：「本來趙二知道西夏衛戍軍大統領拓跋圭的墳墓在哪裏，可惜他不在了，我想阿卡杜拉一定也知道，對不對？」

拓跋圭的墳墓早已經被趙二盜過，苗君儒這麼問，只想知道阿卡杜拉到底是個什麼樣的人物。更何況，他到現在還沒有弄明白方參謀長的真實身分。

方參謀長反應過來，「我只知道他是個盜墓的，沒有想到這個糟老頭子還有這樣的作用，早知道，我就不跟他們換了。」

苗君儒說道：「也許他們現在已經在前往拓跋圭墳墓的路上，如果被他們早一步找到天師神劍，你可就功虧一簣了。」

方參謀長說道：「我馬上去和他商量！」

他離開了苗君儒的房間，在門口吩咐兩個士兵守著。

苗君儒坐在床邊，想著山崖上那四個字，他真的不知道那四個字的意思。

「老爸，你說我姐他們會不會有事？」林寶寶問。

「應該會沒有事的！」苗君儒說道。他看見右側牆上那個窗戶的布簾被人從外面掀開，一個人從鑽了進來。

「是姐……」林寶寶眼尖，已經認出進來的人是林卿雲，他剛叫出聲，忙捂住自己的嘴，怕被外面的人聽到。

「你們怎麼跟來了？」苗君儒輕聲問。

「為了救你們呀！」林卿雲輕聲說，「我們在嘉峪關的時候就想辦法逃脫了，周輝不知道從哪裏弄來幾匹馬，我們就跟在他們的後面！」

「周輝弄來幾匹馬？」苗君儒輕聲問，心頭閃過一絲疑惑，周輝哪裏來的本事，能夠弄來幾匹馬？

「不要想那麼多了，快點走，他們兩個人在鎮子外面等的！」林卿雲說道。

這邊的回民建築，都是用黃土夯實的，再在牆上挖一個一尺多見方的小洞，就成窗戶了。林寶寶的身體小，一下子就鑽出去了。苗君儒的身材較為高大，竟鑽不過去。林卿雲見狀，忙拿出一把短刀，幫忙削掉窗戶四周的夯土。

在林卿雲的幫助下，苗君儒爬出了窗戶，見是旅店的後院，地上倒著兩個人。

林卿雲低聲道：「是餵馬的，我進來就把他們收拾掉了。」

後院有不少馬匹和駱駝，他們隨手牽了兩匹，從後院的門出去。剛出門，身後一聲槍響，子彈擊他們身邊的牆上，濺起一些灰塵。

「快走，他們發現我們了！」林卿雲將弟弟推上馬，一閃身上去了，雙腿一夾，那馬長嘶一聲，箭一般奔了出去。

苗君儒也上了馬，緊隨在林卿雲的後面。

後院中衝出幾個人，朝著他們的背影舉槍便射。他們將身體伏在馬背上，子彈「嗖嗖」地身旁飛過。

他們拐過一道街口，向鎮外衝去。

十幾個回民和士兵騎著馬，緊緊地追了上去。

林卿雲用力地夾著馬肚，回頭大聲說道：「苗教授，跑出鎮子就安全了！」

苗君儒突然想到，林卿雲好像對這個鎮子的地理環境很熟，若是一個初來乍到的人，絕不可能知道怎麼進入那家旅店的後院，並準確地找到他所在的那個房間。而且聽她剛才說話的口氣，好像鎮外有人接應似的。如果僅僅是周輝和劉若其兩個人的話，要對付身後追來那些人，談何容易？

兩匹馬一前一後跑出了鎮子，林卿雲將韁繩一扯，朝另一個方向跑去了，苗君儒緊隨其後。兩人跑上一道土坡，見土坡下站著一排人馬。

「他們追來了！」林卿雲跳下馬，對為首的一個人說。

為首的那個人是一個老人，看起來有五十多歲了，但是身體還很健壯，穿著一身黑色的短褂，顯得很有精神。苗君儒認得這個人，是皓月軒的蔡金林。趙二在袁天罡真墓的井內就說過，至少有兩批人馬跟著。現在已經見到一批了，還有一批呢？

「蔡老闆，別來無恙！」苗君儒並未下馬。

周輝和劉若其站在蔡金林的旁邊，原來有蔡金林暗中相助，難怪可以輕而易舉地弄到幾匹馬。

蔡金林的人全都伏在土坡上，槍口瞄準追來那些人，一陣槍響後，那些人丟下幾具屍體，回馬去了。

「想不到連你也捲入了？」苗君儒說道。

「每個人都想得到那批寶藏！」蔡金林說道：「你可能還不知道那個方參謀長是什麼人吧？」

他說話和原來完全不同，乾淨利索，不帶一個之乎者也。

「難道你知道？」苗君儒問。

「當輝兒告訴我方參謀長那麼做的時候，我就馬上想到了一個人，」蔡金林說道：「那就是盜挖東陵的張厚歧，雖然孫軍長公開將他槍斃了，但是我知道，槍斃的那個人，只是一個長得和他差不多的替死鬼。」

「你懷疑方參謀長就是張厚歧？」苗君儒問。

蔡金林說道：「不是懷疑，是肯定，我原來和他做過生意，認得他！他改名換姓，憑著自己的關係，到林團長的部隊裏當了個參謀長。」

「既然他是部隊裏的人，又怎麼能夠弄得到江湖上那種殺人的藥呢？」苗君儒問。

蔡金林說道：「這我可就不知道了，每個人都有每個人的秘密，就好像你不知道輝兒是我的外甥一樣！他的父親和我是連襟。」

周輝低著頭，對苗君儒說道：「對不起，老師！」

苗君儒說道：「你並沒有對不起我，要不是你帶著你的姨父來，我現在還被張厚歧控制著！」

蔡金林說道：「李道明和龍七已經帶人去找天師神劍了，我們要趕上去！」

「可是我們怎麼追得上他們？」苗君儒問。

蔡金林笑道：「放心，沿途會有人給我們留下記號的！往前二十里，要經過一個鬼哭峽的地方，大家用東西把耳朵堵住了，到時候別聽了鬼哭的聲音後發瘋。」

大家各自上馬，朝西北方向而去。黃塵滾滾，留下一地的馬蹄印。

甘肅這邊有一種風化地貌，是遠古的沙礫岩石，常年經荒漠上大風吹襲後，形成風蝕岩。風蝕岩上有許多大小不一的孔洞，當風刮過時，孔洞便發出各種奇怪的聲音，這些聲音既像野獸嚎叫，又像鬼怪呼號。當風力達到一定的程度時，孔洞中所發出的聲音，已經超過了人類承受的極限，所以有人在聽了這種聲音之後，發瘋而死。久而久之，就沒有人敢來這種地方了。

當苗君儒騎著馬跟著大家，沿著沒有盡頭的荒漠，走出二十幾里地後，進入一處峽谷，他看到了峽谷兩邊岩壁上那些大大小小的洞。峽谷內的風很大，夾著大顆粒的黃沙，打得人生疼，大家根本不敢迎面直走，每個人都用衣服裹著頭部，催著馬慢慢前行。

雖然事先用東西塞住了耳朵，但仍可以聽到那類似鬼哭狼號的「嗚嗚」聲。往峽谷內走不了多遠，大風竟離奇般的消失了。峽谷內只有馬蹄踩在沙地上的聲音。在這種地方，風來得快也去得快，沒有任何預兆的。

「大家快點走，快點離開這裏！」蔡金林大聲叫道。

但是走在最前面的人卻突然停住了，其中一個人叫起來：「老闆，快來看！」

苗君儒跟著蔡金林來到最前面，見一具巨大的棺木橫在路中間。棺木已經裂開，棺蓋掉在一旁，他策馬來到棺木前，見棺中有一具乾屍，乾屍是個女性，身上穿的衣服很鮮豔，還未腐爛，從衣服的款式上看，正是西夏的民族服飾，而且服飾上鑲嵌著金絲線和珍珠，頭上戴著七彩鳳冠。看來這具女乾屍社會地位不同一般，散落在旁邊的一些金銀玉器也很好地證明了這一點。

這可是一具很有考古價值的乾屍。

這具棺木不可能無緣無故地出現在這裏，他抬頭看了看上面，懸崖上有很多風蝕洞穴，棺木極有可能是從上面掉下來的。

想不到在這種地方能夠發現懸棺。在史料上，西夏人並未有懸棺葬人的習俗，這到底又是怎麼回事呢？

蔡金林吩咐手下人將棺木旁邊的東西撿了起來，一個傢伙的膽子挺大，將棺木中的乾屍搬了出來，從棺中拿出兩樣東西來。

苗君儒看到那人手中的東西後，眼睛一亮，忙跳下馬。幾步來到那人面前，從那人手裏奪過那東西。

是一塊玉牌，在西夏國，只有一定身分的人，才有這種證明身分的玉牌。玉牌大小和他手上的兩塊一樣，但是上面雕刻的圖案和玉石的質地都不同，上面的字也不同，刻著：大夏國王妃古麗安。

他望著地上的乾屍，難怪乾屍身上會有金絲彩緞衣，頭上戴著七彩鳳冠，原來是李元昊生前最寵愛的古麗安王妃。古麗安王妃是回鶻人，是李元昊遠征回鶻時搶回來的，臨幸之後被冊封為王妃。由於古麗安王妃天生麗質，所以深得李元昊寵愛，但奇怪的是，她並未為李元昊生下一男半女。史料上關於古麗安王妃的記載也並不多，據說古麗安王妃是隨同李元昊殉葬的。

可是她怎麼會出現在這裏呢？難道李元昊的真墓就在這上面？

他看過那張藏寶圖，按藏寶圖上所示，李元昊的真墓應該在距離安西西南方向兩三百里的荒漠中，絕對不可能是在這裏。

他看了一下棺木，見是上等的金絲楠木，這種木頭只有當時稱為大理的雲南那邊才有，也只有古麗安王妃這種身分的人，才配用得上這樣的棺木。

棺木內除了一些墊屍用的金線絲綢等物品外，並沒有任何書籍可供參考。就算有，也早已經風化，被風一吹，不知道飛到哪裏去了。

「看什麼？不就是一具乾屍嗎？」蔡金林叫道：「我們要快點離開這裏，否則就趕不上他們了！」

苗君儒跨上馬，戀戀不捨地朝那具乾屍看了幾眼，跟著大家衝出了山谷。

一出了山谷，迎面景色又是漫無邊際的炎黃荒漠。太陽曬得人發暈，身上的衣服積了一層厚厚的鹽漬，還好每匹馬上都預備了充足的水，夠每個人好幾天喝的。

苗君儒從馬背上拿出一隻羊皮袋，喝完最後一滴水。將羊皮袋掛回原處，如果前面找到有泉水的地方，還可以用來裝水。他一眼望去，見馬背上的每個人都是懨懨的，身體隨著馬匹的走動而晃動。

走在前面的幾個人，不時下馬查看路邊的痕跡，想必是尋找前面的人留下的印記。

遠遠望去，見遠處的景色上下晃動，似乎籠罩在霧氣之中，那是地表產生的熱氣所致，這樣的情況下，最容易讓人產生幻覺，也最容易出現海市蜃樓的奇妙景觀。

「砰！」一聲淒厲的槍響。

聽到槍聲，所有人的精神隨之一震，不少人已經端槍在手。

一陣急促的馬蹄聲傳來，大家舉目朝馬蹄聲來的方向望去，見一個大沙丘下面衝出了一匹馬，馬上坐著一個人，正朝這邊疾馳而來。

兩個蔡金林的人已經策馬迎了上去。兩方打了一個照面，一同返回來了。

待那人走近了後，苗君儒認出那人是幫李道明開車的黃桂生，想不到竟是蔡老闆的人。

黃桂生的腹部中了一彈，鮮血從槍口狂湧出來，馬背上和地上都是。他來到蔡老闆面前，剛說了兩個字，就一頭栽在馬下，眼看活不成了。這一路跑來，也不知道流了多少血。

他說的那兩個字是：前面。

李道明那些人也許就在前面，莫非他們已經找了拓跋圭的墳墓，黃桂生想脫身回來報信，不料被他們發現。

前面傳來紛雜的馬蹄聲，一股黃色的沙塵隨風而至，一定是李道明和龍七的人追過來了。果然，在沙塵中，沙丘上出現了一排人影。苗君儒還沒有反應過來，耳邊的槍聲就響起了，他急忙貼著馬背，緊緊拽住韁繩。

槍聲中，不斷有人中槍，慘叫聲聽得人頭皮發麻。

苗君儒跨下的馬突然長嘶一聲，筆直往前衝了出去。他心中大驚，暗道：糟糕，馬受到驚嚇了！

他用力一拉韁繩，哪知手上一鬆，韁繩斷了。心中一凜，急忙丟掉韁繩，雙手抓緊馬鬃，身體儘量壓低，只要不掉下馬去，就行了。至於馬要跑到哪裏去，聽天由命。

那馬衝下沙丘，他看到前面不遠處有一大幫人，為首的正是李道明和龍七。不待他的馬衝過去，那邊的人已經開槍。

一顆子彈射入馬的頸部，那馬慘嘶一聲，奮力向前奔去。一股熱腥腥的液體撲面而來，他不敢睜眼，任憑馬狂奔。幾分鐘後，那馬突然倒地，他的身體憑空飛了出去，重重地撞在一處小沙丘山上。

他的嗓子一甜，一大口血噴了出來，剛要掙扎著起身，頭卻越來越沉，耳邊聽到一陣轟隆隆的雷聲，潛意識裏，感覺身體向下陷去……

苗君儒慢慢醒了過來，四周出奇的安靜，沒有槍聲，沒有風聲，更沒有慘叫聲。眼前一團漆黑，耳邊只聽到「滴嗒滴嗒」的滴水聲，一滴一滴的，很有規律。

他的神智慢慢恢復過來，產生的第一個疑問是，這是什麼地方？

過了些時候，他的眼睛漸漸適應了裏面的黑暗，感覺頭頂上方射下來一線光。那是他掉下來的地方，看上去好像還挺高的。他把手腳活動了一下，並無大礙。這麼高的地方掉下來居然沒有受傷，真是奇蹟。

他支起身體，這才發覺身體下軟綿綿的，用手一摸，全是細沙。

難怪身體沒什麼大問題，是這些細沙的功勞。

剛要起身，頭頂傳來有人說話的聲音，他聽出是林卿雲。

林卿雲的聲音很興奮：「你們看，這裏有個洞，是新的痕跡，他一定從這裏掉下去了！」

周輝和劉若其在洞口朝下喊：「老師，老師，您在下面嗎？」

苗君儒哼了一聲，算是回答。

周輝高興地叫道：「老師在下面！」

林卿雲叫道：「苗教授，您沒事吧？我們馬上下來救您！」

上面有沙土落下來，苗君儒滾到一邊，他摸索著找個地方靠住，掉下來之後，感覺身體像散了架一樣，需要好好休息一陣才行。也不知道是什麼地方，剛才上面的人喊話的時候，下面的回音很大。想不到沙土下面居然有這麼大的空間，莫非這裏就是拓跋圭的墳墓所在？

上面有人用繩子垂著下來，是周輝。

周輝站在沙堆上，點燃手中的火把，他看到了坐在旁邊的苗君儒，同時也看到苗君儒背部靠著的東西，頓時露出驚恐的神色，叫道：「老師，你的背後……」

剛才周輝點燃火把的時候，苗君儒就大致地看了一下周圍的情形，確實是一個墓穴，而且規模還不小。他只看前面，並沒有看身後，見周輝那麼叫，忙問：

「我的後面怎麼啦？」

在苗君儒的身後，是幾具乾屍，令周輝害怕的，並不是那幾具乾屍，而是乾屍上那隻大得嚇人的大蜘蛛。

苗君儒也覺得頭頂上有什麼東西，呼出一股異常腥臭的味道，心中暗道不好，身體就勢一滾。

「嗒」的一下，好像有什麼東西掉在地上，他扭頭一看，見一根長長的鋼釬樣的東西，就插在他剛才坐的地方，他順著那「鋼釬」向上望去，看見了那隻大蜘蛛。所謂的「鋼釬」，是大蜘蛛的前足。

大蜘蛛見一擊不中，巨口一張，朝苗君儒噴出一大團閃著銀光黏黏的液體來。

苗君儒登時出了一身冷汗，身體連連朝後翻滾，那一大團液體「撲」地落在他的身邊，將他的背包黏住了，他用力一扯，竟然沒有扯出來。

「砰砰砰！」一連串槍響，子彈射入大蜘蛛的身體，大蜘蛛發出一聲怪叫，向後退去，迅速消失在黑暗中。

是林卿雲開的槍，她落到沙堆上後，向苗君儒跑過來，關切問道：「苗教授，你沒有事吧？」

「不要碰到那些黏液，可能有毒！」苗君儒叫道。

周輝也來到苗君儒的身邊，他警惕地望著大蜘蛛消失的方向，防止大蜘蛛再出現。

上面相繼下來兩個人，是林寶寶和劉若其，劉若其的手上除了火把之外，還有一支槍，背上也背著一支。

苗君儒起了身，看了看身上的傷，除了一點擦傷外，並無大礙。那個被蜘蛛黏液黏住的背包不能用了，他小心地將裏面的考古工具拿出來，放到林卿雲的背包裏。

苗君儒問：「李道明和龍七呢？你們是怎麼過來的？」

林卿雲笑道：「虧得那一陣大風，要不然的話，我們可就見不著您了。」

苗君儒記起摔下馬的時候，隱隱聽到雷聲，難道在他掉下來的時候，刮起了沙塵暴？

在周輝的解釋下，他才明白上面發生了什麼事情。原來雙方的人交上火後，蔡金林的人少，很快便落了下風，李道明和龍七的人迅速包圍上來，想將他們全部殺死，就在這緊急的關頭，突然刮起了大風。

風沙很大，吹得人根本站不住腳，林卿雲他們幾個人被吹下馬，滾落在一個沙包後面。等風沙過去後，他們幾個人全被埋住了，好不容易從裏面鑽出來，見除了他們幾個人外，其他的人都不見影了，他們從沙土裏扒出幾個人來，可那些人早就死了，一個活著的都沒有。

從死去的馬匹上拿到一些行李後，他們想起槍響的時候，苗教授的馬衝了出去，抱著一線的希望，他們往前找了幾里地，發現那匹埋在沙中的馬。林卿雲認出是苗教授的坐騎，於是幾個人分頭在這附近尋找，終於找到了這個洞。

周輝問：「老師，我們現在怎麼辦？」

苗君儒接過一支火把，看了一下墓室內的情形，想不到裏面確實很大，上下高約十幾米，幾根兩人合抱粗細的石柱頂著上面，石柱上雕刻著各式各樣的神佛像，墓室的邊牆全是由大塊的花崗岩砌成，上面也雕刻著九天十地諸天神佛像。整個墓室內，就像一座佛教的殿堂。安西方圓五百里以內，都沒有這種岩石，應該取自千里之外的祁連山。地上鋪的也是大塊的石板，每一塊都有一米見方，如此大的工程，絕不可能是將軍的墓葬，難道是李元昊的？

再一看並列在兩邊的武士石像，還有那一具具陪葬的乾屍，無不在告訴苗君儒，這裏是一座道地的帝王墓葬。

他看到前面石台上那巨大的棺槨，棺槨長約六米，寬約四米，高約兩米，如此大的棺槨，為歷代帝王陵墓之罕見。

棺槨的四周，各立著一尊三米高的佛像，佛像低眉善目，雙手合什，就像四個正在誦經的和尚。

苗君儒說道：「注意腳下，不要踩中機關！」他怕他們亂走，引發墓室內的機關。

一般的情況下，機關都是設置在進入墓室的通道中，到達正室後，就沒有機關了。但是也有例外，他聽齊遠大教授說起過，說有一個考古學教授，帶著學生進入明朝的一個墓葬，在正室內移動棺槨時，不小心觸發了機關，結果幾個人全都埋在了下面，由於太深，前去救援的人無法將他們的屍體挖上來。

見苗君儒這麼說，周輝等人不敢不走了，全跟在苗君儒的身邊。

「也要注意後面的狼蛛，千萬不要讓牠靠近！」苗君儒說道。這麼大的狼蛛，他還是第一次見到，生活在荒漠裏的狼蛛，大的一般有菜盤大小，通常襲擊小型動物和人類。被稱為荒漠之王的野狼，在見到這種狼蛛後，也會遠遠地避開。剛才見到的這隻，有兩個臉盆那麼大。不要說襲擊人，就是把人吃掉，也是輕而易舉的事。古代的大型墓葬裏面，一般都生活有奇怪的物種，這並不足為奇。

「老師，那裏有個小水池，」劉若其叫道。

在那巨大的棺槨下方，有一處兩米見方的小水池，池中有一些水。洞壁上每隔一段距離就有燈盞，苗君儒將火把湊上去，點燃。墓室內頓時明亮了許多，可以看清更多的東西。

墓室內各種擺設都很整齊，沒有被盜過的痕跡。

他舉著火把，沿著牆壁走過去，仔細看牆上雕刻的圖案。每一副圖案就是一個佛教的典故。西夏是個崇尚佛教的國家，帝王死後用這些雕刻圖案，並不奇怪，奇怪的是後面牆壁邊的那些乾屍，每一具都是穿著僧袍的僧侶。用僧侶殉葬，這在西夏相關的典籍中並未有記載。只有弄清墓主的身分，才能解開那一段塵封的歷史。

要想弄清墓主的身分，最好的辦法就是打開棺槨。

他小心地來到巨大的棺槨旁邊，再一次聽到了滴水的聲音。尋著那聲音，看到棺槨的正頭部，有一塊牆壁凹了進去，凹進去的地方，擺放著一尊佛祖坐像。滴水聲就是從佛祖坐像的下面傳來的。

他來到佛祖坐像前，見這尊佛祖坐像，和雲岡石窟中的佛祖坐像一樣，但體型要小得多，約三四米高的樣子。佛像旁邊的地上，有一個小石台，石台上坐著一具身穿道袍的乾屍。在佛祖的身邊，居然還有道士，只是不知道這道士是什麼人。

在佛祖坐像的底部，有一個茶杯大小的洞，洞內流出一線清水，裏面傳來很清晰的滴水聲。在洞的下面，有一條溝槽，筆直對著棺槨。那水順著溝槽流到棺槨的石台下，分成了左右兩條，沿著石台流下去。到棺槨的下方後，又合成了一條，最後那水流入那個小水池中。

他突然想起老同學古仁德說過的話。古仁德雖然學的是考古，但是畢業後做了古董商，生意做得很不錯。古仁德對中國古代堪輿術有一定的研究，那一套風水理論說得條條是道。

所謂的風水，講究藏風聚氣行水，三個元素缺一不可。如果缺一個，可以用人造的方法湊齊。這在古代的墓葬中，也有過例子。

有一次古仁德來北平的時候，提到一個叫二龍戲水天子穴的墓葬，說唐太宗的昭陵就是這樣的墓葬，前面是泔水，後面是涇水。二龍戲水乃是絕佳的風水寶地，可遇而不可求。入葬後可保子孫六代為帝。

如果設計墓葬的人有本事的話，可以利用玄天之術，在墓主的棺槨旁邊製作一個這樣的風水陣，達到同樣的效果。那樣必須從棺槨的頭頂引水，至棺槨前，水分兩道，沿棺槨流下，至下方，併為一道，入池塘。但是必須保證那水不得斷流。

眼前的這個棺槨旁邊水流的樣子，就是和古仁德說的一樣。

西夏國雖說在某些地方引用了漢族人模式，但是在風水學上，西夏並不推崇，甚至排斥。

在中國古代，精通風水學的，除了專業的堪輿師外，就是道士。

是誰為墓主布下這個二龍戲水天子穴？

苗君儒走上石台，開始檢查棺槨。一般古代帝王的墓葬，從棺槨到內棺，都有好幾層。面前這個棺槨，外棺通體碧綠，是玉質的，不是普通的玉石，是一種產自祁連山深處的碧玉，這種碧玉的密度很大，也很堅硬，是製作棺槨的理想材料，而且具有一種神奇的效果，屍體放在裏面，可保千年不腐。

也就是說，躺在裏面的，是一具千年殭屍。

要想把棺蓋打開，就必須先移開棺槨旁邊那四尊佛像。這佛像，每一尊都有一兩噸重，就他們四個人的力量，根本沒有辦法移動。除非將其推倒。可這上千年的佛像，是藝術的瑰寶，若損壞了，實在太可惜。

林寶寶這小傢伙天生膽大，在這種地方，居然還想到處跑動。

林卿雲一把將弟弟扯住，低聲道：「當心被那隻大蜘蛛吃掉！」

「我不怕，我有槍！」林寶寶的手上出現一隻左輪手槍，也不知道他從哪裏撿來的。

「有槍也不許亂跑，這裏面有鬼的！」林卿雲是想嚇唬弟弟，當她看見周輝和劉若其那驚愕的眼光時，知道自己說錯話，在這種地方，最忌諱說鬼字。

林卿雲裝出一副不以為然的樣子，說道：「我是無神論者，是學考古的，有苗教授在，怕什麼呢？」

「但是有時候，我們也會遇到一些無法用科學解釋的神秘現象！」苗君儒說道。

「就不相信這巨棺中的死人會跳出來吃人？」林卿雲在硬撐，說完這句話後，她感覺面前似乎有人影一晃，頓時驚住了。

苗君儒走下石台，剛才他的火把照著那四尊佛像，當他走動的時候，佛像的影子也隨之移動。林卿雲就是被那影子嚇的。

苗君儒看著那四尊佛像，佛像的下面是和地面的石塊連在一起的，這樣一來，不要說移動，就是推倒都很困難。除非用炸藥炸開，可是現在到哪裏去找炸藥呢？就算有，他也捨不得把這些藝術品毀壞。

「老師，是不是想把棺蓋打開？」周輝問。

苗君儒說道：「僅棺蓋就有上千斤重，而且沒有工具，憑我們幾個人是沒有辦法打開的。」

劉若其說道：「要不我們出去找人？」

外面的那些人，都是一些利慾薰心的傢伙，叫他們進來的話，還不把這座好端端的藝術殿堂給破壞了？

苗君儒正在考慮如何開啟棺蓋的時候，聽到林寶寶叫起來：「姐，老爸，大蜘蛛呀！」

他抬頭望去，見黑暗中出現數十隻大狼蛛，揮舞著尖利的前足，正朝他們衝過來。他們手裏有幾支槍，對付一兩隻大狼蛛，倒是不成問題，可是這麼多大狼蛛一齊衝過來，就算開槍也阻擋不了。

當下心中大驚，暗道：完了，我們都要死在這裏！

第九章

古劍謎蹤

道宣子奉命帶著西夏衛士，尋找天宇石碑，
以斷絕後人盜挖王陵的途徑，可惜連自己都死在那裏了。
只是不知道他用什麼方法，找到袁天罡的真墓，
避過那兩條虺蛇，從而讓衛士取走了那半塊天宇石碑。
信中提到天師神劍，是用來完成這個二龍戲水天子陣的，
可惜寫到最後，也沒有提到那把天師神劍最終放在什麼地方。

「砰砰……」

林卿雲和周輝同時開槍，衝在最前面的一隻狼蛛中彈後，張口噴出一大團黏液，所幸距離較遠，黏液落在他們面前的石板上，並未觸及到人。

苗君儒從劉若其手裏接過槍，四個人連連開槍，仍無法阻止狼蛛逼上來。狼蛛越來越多，成半包圍狀，將其他的路都堵死了。現在，他們就是想衝到那個沙堆旁，抓住繩子爬上去，也不可能了。他們唯一能夠做的，除了不斷開槍外，就是後退。

按道理，這些生活在黑暗中的動物，是最懼火的。苗君儒將手中的火把朝狼蛛群丟過去，火把落在地上，幾隻狼蛛同時噴出黏液，火把頓時熄滅了。

想不到這種低等的節肢動物，居然有這樣的智商。

他們不斷後退，退到了棺槨上首，來到凹進去牆壁的那尊佛像下。這尊佛像是墓室內最大的一尊，蓮花寶座距離地面有一米多高，可以站人。

林寶寶已經爬了上去，舉著那支左輪槍左右晃動，就是不敢開槍。

人站在蓮花寶座上雖然可以抵擋狼蛛的巨足攻擊，但是無法避開狼蛛噴出的黏液。

「你們先上去！」苗君儒叫道。他朝一隻離他不遠的狼蛛扣動了扳機，可是槍膛內傳來「滴嗒」，並未有子彈射出。

耳邊聽到風響，他急忙往後一退，堪堪躲過一隻刺向他的巨足。巨足的尖刺落在地上，發出「咚」的一聲。

又一隻巨足當頭刺到，他的身體再次後退，靠在身後佛像底座上，巨足擦著他的衣服而過，將石板刺出一個小洞。

幾隻巨足同時向他刺到，頭頂上的槍聲再次響起。他丟掉手中的槍，雙手攀住佛像底座上的蓮葉，兩下子爬了上去。站在蓮台上，他覺得有些虛脫了，剛才幸虧林卿雲他們開槍及時，使那些狼蛛的攻勢緩了一緩，否則，現在他已經是具屍體了。

「老師，你……」周輝望著苗君儒的胸前，叫道。

苗君儒低頭一看，見胸前的衣服內透出一縷金黃色的光來，忙扯開衣襟，見光線來自他胸前那串佛珠。

他的衣服扯開後，那串佛珠流光閃爍，射出耀眼的光芒，墓室內頓時金光大盛。他們身後的那尊佛像上，赫然出現萬道佛光。原本黑色的石質，居然變成通體的金黃，彷彿是一尊純金佛像。

大家都被眼前的奇特景象驚住了，恍惚間，耳邊聽到來自天宇的佛音，深沉而悠遠，空曠而凝重。

在金光的照射下，那些狼蛛如潮水般退去，走得慢的，化作一灘爛泥。

片刻後，隨著佛珠上光芒的消失，佛光漸漸暗淡下來，在耳邊縈繞的佛音，也逐漸逝去。這尊佛像恢復了原來的本色。

苗君儒他們如同做了一場夢，清醒過來後，忙跳下蓮台，雙手合什，朝佛像深深鞠了一躬。

林寶寶邊朝佛像鞠躬，邊說道：「菩薩老爺，你可要保佑我們呀！」

周輝道：「佛祖已經保佑我們了！」

「我們快點離開這裏！」苗君儒說道，當他的眼睛望向沙堆那邊時，見原本垂下來的那根繩子，已經不見了。他往前走了幾步，見繩子落在沙堆上。這麼高的距離，沒有了繩子，怎麼上去？

「剛才留一個人在上面就好了，」周輝道。事已至此，後悔也沒有用。

沒有了繩子，難道幾個人都要被困死在這裏不成？他們手上火把也堅持不了多長時間，萬一火滅了，且不說那些狼蛛，就是餓也餓死在這裏。

「我們四處找一找，看看有沒有出路？」苗君儒說道，當務之急，是要想辦法出去。就算他們有力氣把墓室內的幾尊佛像堆起來，也搆不著那樣的高度。

林寶寶跑到那尊佛像面前，又跪又拜，說道：「菩薩老爺，你剛才顯靈幫我趕走了那些大蜘蛛，現在請你再次顯靈，告訴我們怎麼出去呀！」

苗君儒沿著墓室的牆壁來回走了幾趟，除了狼蛛出現的那邊沒有去外，其他幾處的牆壁都被他檢查過了。牆壁很結實，石塊與石塊之間的縫隙，連一把很薄的刀片都插不進去，也沒找到有機關的地方。

他的眼睛最後定在凹牆內那尊座佛的身上。座佛的雙手平放在腿上，但卻有一根手指向上翹起。他走了過去，爬上蓮台，抓著那根佛指左右動了一下，接著向下一按。一聲細微的聲響，林寶寶面前的一塊石板向下墜去後，並朝旁邊滑開去，緊接著，一個長方形的木頭盒子升了上來。

周輝他們圍了過來，林寶寶忙把盒子抱在懷裏，叫道：「是我向菩薩老爺求來的，不給你們看！」

周輝道：「不給我看，給你老爸看總行了吧？」

苗君儒跳下蓮花寶座，原以為搬動佛指會開出一扇門來，哪知道出現這個盒子。盒子並不大，也就一尺見方，成長條形。

「老爸，給你！」林寶寶將盒子給苗君儒。

苗君儒接過盒子，盒子並不重，木質也是極為普通的那種。通常好的木質都是比較重的，像鐵木、紫檀木之類。

他的手按在盒蓋上，一推就開了，見盒內沒有東西，上面是一封古代的火漆信箋，寫著：「有緣人開啟」五個字。信箋的下面是兩本紙質發黃的書，一本是《五行相書》，另一本竟是袁天罡生前就已經失蹤了的《易鏡玄要》。

他看了一眼身邊的二龍戲水天子穴，馬上想到了一個人，那就是道宣子。也只有道宣子，才能布出這樣的風水陣來。

他去掉信箋上的火漆，從裏面抽出兩頁紙來，見上面寫了幾段文字：「吾自幼修行方術，六歲隨師應詔入宮煉丹……太祖有恙，吾端藥內獻，見帝弟行違天之事，當夜宮人盡遭屠戮，吾隨師逃出……」

苗君儒暗暗吃驚，對於宋太祖趙匡胤的死因，民間流傳「燭影斧聲」的故事，但是歷史學家們對於那一段歷史的真相，仍有諸多爭議。道宣子的這封信，雖然沒有明確指出趙匡胤是怎麼死的，但那一句「帝弟行違天之事」，已經明白無誤地說了，趙匡胤確實是死在弟弟趙光義的手裏。

他接著往下看：「……太宗知吾師徒逃脫，乃命人追殺，吾師徒無奈逃至銀州，遇亂，偶救聖宗皇帝，後隨帝征伐……太宗知吾師徒所在，數次遣使，皆遭帝拒……帝每戰，必詢吾師，吾師感其相護之恩，每問必出奇計，帝按計行之，大勝……」

聖宗皇帝就是李元昊的父親李繼遷，是李元昊稱帝後追封的。看到這裏，苗君儒終於明白，原來道宣子和西夏國還有這層關係。

「聖宗皇帝歿，吾師命吾赴山西龍門洞道觀，偷回天師神劍，以神劍之力，合方天化解之法，成二龍戲水天子穴，功成之日吾師飛仙……後景帝立，封吾天師，賜封天極山建廟立觀……」

信中所提到的天師神劍，是道宣子自己偷來的，而並不是他的師父汪道格偷的。和李道明所說的有一些出入。

「……景帝命吾堪輿，吾以星象之術定位……景帝為人陰戾寡恩，恐日後有人盜其陵，盜陵者，必借天宇石碑，若石碑不在，則無從尋起……臨行之日，拜別吾師，留下此書與有緣之人。」

下面的署名是道宣子，時間是天授禮法延祚五年，也就是西元一〇四二年，算起來，道宣子有七十二歲了。七十二歲高齡的老人，進來拜別師父後，奉命帶著一幫西夏衛士，去尋找所謂的天宇石碑，以斷絕後人盜挖西夏王陵的途徑，可惜連自己都死在那裏了。只是不知道他用什麼方法，找到袁天罡的真墓，避過那兩條虺蛇，從而讓衛士取走了那半塊天宇石碑。

也許這一切，是永遠的謎團，誰也無法解開。

信中提到天師神劍，是用來完成這個二龍戲水天子陣的，可惜寫到最後，也沒有提到那把天師神劍最終放在什麼地方。

看完信後，苗君儒望向石台上巨大的棺槨，那裏面躺著的，是李元昊的父親李繼遷，難怪墓室內這麼氣派。佛祖身旁的那具道士乾屍，就是道宣子的師父汪道格的遺骸了。

「老師，怎麼辦？」周輝問道，他手上的火把快要熄滅了。

苗君儒微微一笑，道宣子進來拜別師父，肯定不是從上面用繩子垂下來的，也就是說，這裏肯定有出去的通道。

問題是通道的機關在哪裏呢？

他拿著信，朝周圍看了一下，除了棺槨旁邊的那四尊佛像外，其他地方實在看不出還有什麼機關？

收好信，他走到棺槨旁邊的佛像前，一尊一尊地檢查過去，當他檢查到最後一尊佛像時，臉上露出了失望的神色。這時，他聽到了一陣「嘎吱嘎吱」的聲音，隨即，腳底下發出震動。

「老爸！」林寶寶還在原來的地方，不同的是他彎著腰，正吃力地從下面扯什麼東西上來。就在苗君儒和周輝他們去檢查那四尊佛像的時候，他以為出現木頭盒子的下面，肯定還有什麼好東西，用手往下面一掏，抓到一個鐵環。他把鐵環往上一拉，見鐵環上繫著一根牛皮繩，他剛吃力地把牛皮繩扯了一下，就聽到「嘎吱嘎吱」的聲音。他嚇了一跳，停在那裏，求助地叫了一聲。

苗君儒看到林寶寶手裏的鐵環，心道：我怎麼忘了那裏呢？

他幾步衝到林寶寶面前，從林寶寶手裏接過鐵環，用力往上一扯，在「嘎吱嘎吱」聲音中，他身後的石板一塊接一塊地向下陷去，形成一個個往下的台階。

「走！」苗君儒叫了一聲，第一個走下台階，林卿雲拉著林寶寶跟在他的後面。

由於石板很大，所以台階也很寬；大家下了台階後，台階悄然升了上去，出現在大家面前的，是一條一人多高的通道。雖然這條通道是道宣子進來的地方，但是也難保沒有機關。

他每走一步都很小心，走了大約三百米，見前面一道石門，石門旁邊的牆壁上，有一處凹進去的地方，那裏有一個鐵環。他扯著鐵環一拉，石門轟然開啟。石門後面是一條左右橫向的通道，他們幾個人走出石門後，石門恢復了原樣，和牆壁渾然成為一體，無論怎麼看，都看不出這裏是一處通道的入口。

走哪邊呢？

他蹲在地上，看地面走過的痕跡，可是地上的痕跡，已經歷經千年之久，早已經無法辨清了！這時，大家突然聽到一陣槍聲，槍聲很沉悶，但卻並不遠，似乎就在牆壁的後面。

他記起馬驚了之後，衝過李道明他們那些人所在的地方，再往前跑了一陣，才將他摔下來的，距離也就是幾百米。

照史料記載，拓跋圭生前就是李繼遷的衛士，死後的墳墓緊依著李繼遷的陵墓，也不是沒有這個可能。

「我們走這邊！」苗君儒領頭朝左面的通道行去。

李道明的手裏拿著槍，微笑地看著在他面前倒下去的龍七。

龍七縱橫陝甘黑道，也算得上是個人物。李道明的父親李子衡在幾年前就和龍七交上了朋友，借著龍七的勢力，幾次成功地將墓葬中挖出的古董運回北平，但是龍七也不是省油的燈，每次都是獅子大張口，李道明請他查找父親李子衡的下落，他開口就要五千大洋。

錢花了，人沒有消息，李道明心裏很不舒服，對龍七心存怨恨。這次他請龍七來幫忙，龍七開出了分一半財寶的條件，他想都沒有想就答應了。在龍七的幫助下，他擺脫了方參謀長的控制，帶著趙二找到了這座衛戍軍大統領拓跋圭的墳墓，剛準備下去，就發現他的司機黃桂生騎馬跑了，他命人去追，不料發現了緊跟在他們後面的一幫人。那幫人的人數並不多，他們仗著人多，想將那幫人消滅，哪知道突然刮起了沙塵暴。他們在馬上被沙塵暴捲著走，等沙塵暴平息下來，身邊只有十幾個人了。其餘的上百個人，不知道被刮到哪裏去了。在辨別了方向後，好不容易找到這裏，他帶著手下的幾個人隨趙二下到墓室裏，龍七也帶著兩個人下來了，其他的人留在了上面。

一番折騰之後，趙二在拓跋圭的棺槨下面，找到了一間小密室，密室裏除了一些金銀器皿外，還有他們夢寐以求的那半塊天宇石碑和一把三尺長的鐵劍。就在他拿著鐵劍走出密室的時候，發現龍七正用槍口對著他。龍七手下的兩個人上前拿走了他手裏的鐵劍，還有他掛在腰上的兩支槍。就在龍七得意地大笑的時候，他迅速拔出藏在後背的那支槍開火了。他的幾個手下人也迅速開火，龍七的那兩個手下哼都沒哼出一聲，就已經倒下。

上面的人聽到下面的槍聲，情知不妙，在叫了幾聲沒有聽到答應後，朝下面胡亂開槍，並丟下幾顆手榴彈。手榴彈在墓室內爆炸，李道明的幾個手下躲避不及，被當場炸死。他避過上面射下來的子彈，從地上撿起那把鐵劍，退到一個角落裏。

趙二抱著那半塊發出青光的天宇石碑，從密室內衝出來，來到李道明的身邊。

墓室內就剩下他們兩個活人了，趙二說道：「李老闆，怎麼辦，他們在上面，我們上不去的！就算不被他們打死，也會困死在這裏！」

「別急，先等等看！」李道明說道，他靠在牆壁上，心想著方參謀長的人肯定也在這一帶尋找拓跋圭的墳墓，他們聽到槍聲，一定會追尋過來的，到時候，上面那十幾個人就會主動逃走。

正想著，他身後的牆壁突然動了起來，向旁邊移開去，露出一處洞口來，洞內站著幾個人，為首的是苗君儒。

「是你們？」李道明驚愕地說，他看到這幾個人，不亞於看到鬼。

苗君儒雖然想到石門開啟後，會見到李道明和趙二，沒有想到他們就站在這扇石門的後面，他看到了他們手中的東西，說道：「天師神劍和天宇石碑，你們都到手了！」

李道明把手中的槍晃了一下，厲聲問道：「你們是怎麼進來的，快帶我們出去！」

苗君儒說道：「先把你的槍收起來，我們也在尋找出口！」

李道明看了看苗君儒，猶豫了一下，把槍收好。

趙二說道：「苗教授，這邊出不去，得另外找別的出路！」

苗君儒看到這邊墓室內那幾具屍體，見墓室上方有一個落下光線的洞口，洞口的上面不斷有人朝下開槍。

李道明說道：「我殺了龍七，上面是他的人！」

既然這條路走不通，就只有回頭，朝通道的另一頭走了。

「火把！」周輝叫了一聲，他和劉若其手上的火把都已經熄滅。

李道明明白過來，朝墓室上方的洞口開了幾槍，趁上面的人躲閃子彈的時候，撿回了幾支丟在地上的火把。

上面的人丟下兩顆手榴彈來，爆炸聲中，他們已經躲進了石門內。

七個人，五支火把，按道理應該夠了，但是這條通道不知道有多長，他們已經走了半個多小時，算起來，應該走了三四里地，可還是沒有走到盡頭。在苗君儒的建議下，他們暫時熄滅兩支火把，以留作防備。

通道的兩邊每隔一段距離就有兩尊相對而立的佛像，每一尊神像的神態都不相同。苗君儒的心裏有數，他們已經走過了四十二尊佛像。從第廿四尊佛像開始，通道內的地面不再鋪石板，而是沙土。

他覺得有些奇怪，走了這麼久，居然沒有觸發一道機關，莫非這通道內沒有機關嗎？饒是如此，他走路還是很小心。

抱著天宇石碑的趙二已經吃不消了，還好有劉若其和周輝幫忙

「這兩樣東西都是我的！」李道明對苗君儒說道。

「先出去了再說！」苗君儒說道。

在第五十二尊佛像的地方，終於發現了一道石門，苗君儒扯動石門旁邊的拉環，石門緩緩開啟，一縷柔和的自然光線從外面射進來。

「終於走出來了，」苗君儒說道，他走出石門，發覺處身在一個很大的洞窟裏。這個洞窟和他在敦煌見到的洞窟一樣，要不是距離相差太遠，他還以為到了敦煌了呢。洞窟內是一尊上十米高的座佛，旁邊立著一些兩米多高的羅漢。他走出的地方，就在一尊羅漢的背後。

洞窟的牆上，畫著一些彩色圖案，和敦煌那邊不同的是，這裏牆壁上畫的並不是淩空飛天的仙女，而是慘烈的戰爭場面。

這樣的壁畫出現在這種地方，實在讓人覺得不可思議。苗君儒看著這些壁畫，見壁畫上的人物，為首的一個穿著帝王服飾，身邊圍著一大群將士，與之對

陣的那些人分為幾撥人馬，穿著的服飾也都不相同，有宋朝，有吐蕃、還有遼國，每一幅畫都是一個戰爭場景。

他明白過來，這些壁畫都是講述李元昊生前豐功偉績的。這個洞窟至今還沒有被人發現，要是宣揚出去，又是一個偉大的奇蹟。

在佛像另一邊的洞壁上，畫著的卻是另外一種場景，從景物和服飾上看，應該是西夏王宮了。那個穿著帝王服飾的人高高在上，正在接受大臣們的頂禮膜拜。

旁邊的那幅畫，是那個帝王躺在臥榻上，一邊喝酒一邊觀看女人的表演，在他的身邊，還圍著幾個女人。

苗君儒的眼睛定在最後的那幅壁畫上，壁畫上的那個帝王從臥榻上欠身，手裏還摟著一個女人，旁邊一個年輕一點的男人，正舉劍刺向那個帝王。

看到這裏，苗君儒突然想起李元昊被兒子寧林格所殺的事情。宮廷內幕，一直是皇家的忌諱之事，什麼人敢如此大膽，居然將這樣的事情畫在牆壁上？要是被朝廷知道，是要誅滅九族的。

眼前這些壁畫的繪畫手法，用朱丹紅與濃墨勾勒，手法非常寫實，並無虛無縹緲之感，與敦煌那邊的繪畫手法完全不同。這種繪畫手法，與當時宋朝的繪畫手法一樣。當時畫這些壁畫的人，究竟是什麼人呢？

「總算出來了！」李道明大叫著，揮舞著手中的鐵劍。

「李老闆，天宇石碑也是你的，」趙二將石碑放在李道明的身邊後，癱坐在地上，接著說道：「你可以讓我回去了吧？」

「回去，回什麼去？一起去找寶藏呀，」李道明說道：「我答應你，分你一份，怎麼樣？」

「可是還有半塊在別人手裏呢！」趙二說道。

「我們還有這麼多人，想辦法搶回來就是！他不就多那幫回回在幫他嗎？」李道明望著林卿雲，說道：「林小姐，該叫你的父親現身了吧？從北平一直跟到這裏，還要扮成一個乞丐，也夠累的，叫他的人出來，我答應分他四成。」

聽李道明這麼說，苗君儒終於明白過來，那個一直跟著他們的老乞丐原來就是林福平。林福平看好了小鎮上的地形，告訴了女兒林卿雲，所以林卿雲才會那麼輕車熟路地把他救出來。令他不解的是，林福平既然沒有死，為什麼要布下被殺的現場呢？難道有什麼隱衷不成？

他看完最後那幅畫，走出了洞窟。見洞窟外是一處山谷，山谷的兩側都是這樣的洞窟，每個洞窟裏面都有佛像，有大也有小，如此巨大的佛教雕刻，並不亞於敦煌莫高窟。

劉若其從背包中拿出一壺水，剛喝了兩口，就被李道明搶了去，他衝上前去想搶回來，被李道明用槍指住。

「你別忘了，還要靠我們幫你去搶那半塊石碑！」苗君儒說道。原來他們幾個手裏都有槍，可為了對付那些大狼蛛，把子彈都打光了。沒有子彈的槍，和一根燒火棍沒有兩樣，所以他們就把槍扔在墓室裏了。

「我知道你們的背包裏還有水，放心，我就要這一壺，」李道明說道：「在這種地方，水可是保命的，我們現在得想辦法走出這山谷，找到他們那些人！」

「這塊石碑太重，我實在搬不動了！」趙二說道。

「那就暫時先找個地方藏起來，做好記號，到時候我們再來取！」李道明看著趙二把石碑搬到一尊羅漢的後面，找一些沙土蓋住，並在那尊羅漢上做了一個記號。

幾個人離開洞窟，來到山谷裏，朝谷外行去。光線漸漸暗下來，山谷籠罩在黑暗之中，苗君儒點燃了火把，但是谷內的風太大，火把上的火光搖曳得很厲害，根本照不了多遠。

大家深一腳，淺一腳的，朝著前面走。

一個多小時後，他們還沒有走出山谷，山谷內白天聚集的熱氣已經消失殆盡，取而代之的是陣陣寒意。

這邊的氣候就是這樣，白天和晚上的溫度相差幾十度。以前就發生六七月份在野外露宿，被凍死的現象。

「姐，我冷！」林寶寶叫道。

苗君儒脫下外套，遞給林卿雲，說道：「給他裹上！」

又過了半個小時，他們的火把熄滅了，月亮還沒有升上來，天空中只有稀疏的星光，依稀可辨眼前的道路，再遠一些便怎麼也看不到了。偶爾幾聲狼嚎傳來，聽得人毛骨悚然。

氣溫越來越低，風刮在人的臉上生疼。他們什麼都顧不得了，腦海中只有一個字：走。要是停下來的話，就意味著死亡。

也不知道走了多長時間，大家一個個累得幾乎要趴下，仍咬著牙，一步步的往前邁進。終於，眼前感覺黑乎乎的一片，再也看不見山谷兩邊的高高岩壁。

走出山谷了。

周輝朝前面一指：「老師，那邊有火光！」

苗君儒也看到了遠處的火光，有火光就表示有人。他們的精神隨之一震，頓時恢復了不少體力，朝著火光的方向走去。

夜色越來越暗，苗君儒抬頭看了看夜空，見一大片烏雲遮住了半邊夜空，隱隱傳來雷聲。

不好，又要起沙暴了！

第十章

神秘人

苗君儒無法相信剛才聽到的那三個字：我們走！

這是在中國歷史上消失幾百年的古代西夏官方語言。

一種消失了幾百年的語言，居然被他聽到了。

穿著王妃服飾的女人，身著古代武士盔甲的男人，

這些到底是什麼人呢？

他望著那間房子，也許房子裏的人能幫他解開這個謎！

當沙塵暴席捲過來的時候，苗君儒看到那火光突然滅了，所幸他們離火光並不遠，依稀看清了前面是一處村落，低矮的夯土房，有一半都埋在沙下。

他們都已經有了對付沙塵暴的經驗，用衣服蒙著頭，儘量彎低身子，以免被風刮走，踩著地上浮鬆的沙土，他們來到一間土房前。

土房的木板門緊閉著，苗君儒拍了幾下，用當地的回族語言問道：「有人嗎？我們迷路了！」

裏面沒有人應，估計裏面沒有人。眼下這種情況，也顧不了許多，他一腳踹開門，走了進去。其他人跟著他，進到屋內。

屋內很暗，面對面都看不清。外面仍有風沙從窗戶和門那邊灌進來。苗君儒回身把木板門關上後，並從旁邊拖了一樣東西，將門死死頂住。

「你們先找個地方坐下來，熬過這一陣就沒事了！」苗君儒說道。

苗君儒沿著牆壁摸索著，好像碰到了一個人，也不管是誰，便挨著那個人坐下。從包內拿出水壺，喝了幾口水，又從包內摸出一塊乾硬的餅，放到口中吃起來。餅上面滿是沙子，硌得牙齒生疼，管不了那麼多，都一天沒吃東西了，好歹得填一下肚子。

心裏想著，等這陣風暴過去，便去向有火光的那戶人家討點吃的，要是能討上一碗酥油麵，就更好了。

「你怎麼不吃東西？」他推了一下旁邊的人，見這人一動也不動，他用手去摸，卻摸到一具乾硬的軀體，心知身邊這個人是一具乾屍，當下忙把身體往旁邊挪了挪。

在這荒漠的回民村子裏，如果有人死亡，村子裏的人會舉行葬禮，將死者用麻布包裹起來，放到挖好的沙坑裏埋起來，絕對不會就這麼讓死者在屋子裏變成乾屍的。除非是村子裏的人也都已經死光了，這間屋子裏的人都是外來客，本想在這裏休息一下，不料卻由於某種原因而死在這裏。沒有人替他們下葬，所以變成了乾屍。

但是這樣的可能性很小，何況剛才他們已經看到村子裏有火光。就算是外人死在沒有主人的屋子裏，村子裏的人還是會處理的。

也不知道什麼時候，沙塵暴停了。儘管在屋子裏，苗君儒的身上還是積了一層細沙，他站起身，拍了拍衣服。屋子裏突然出現了亮光，是李道明打燃了打火機。

趙二撕了幾塊布，找了一根爛凳腳，做成了火把點燃。

屋內有了光線，登時亮了起來，大家看清了身邊的情形，首先叫起來的是林卿雲，她抱著弟弟林寶寶，正縮在幾具乾屍的中間。

屋子裏有十幾具乾屍，有的倒在地上，有的靠牆坐著。這些乾屍身上穿的衣服，並不是回民，且幾個人身上穿的差不多，都是漢人，死亡時間看起來不長，應該不超過兩年。

這些是什麼人呢，怎麼會死在這裏？

李道明望著一具頷下有鬍子的乾屍叫道：「邢掌櫃的！」

「你認識他？」苗君儒問。

李道明說道：「邢掌櫃是蔡老闆的人，去年我父親來這裏尋找寶藏的時候，聽說他帶人去山西收貨，後來遇上了土匪，就再也沒有回去，他們怎麼會出現在這裏？」

苗君儒說道：「也許他們也是來尋找寶藏的，這次蔡老闆不就來了嗎？」

李道明說道：「說得也是，也許他們跟著我父親來的，結果迷了路，到了這裏！」

李道明用那把鐵劍將幾具屍體翻了遍，並沒有找到有用的東西。倒是趙二朝那些乾屍拜了幾拜後，把乾屍上的衣服剝下來，做了幾個火把。

周輝和劉若其也學著趙二的樣子，朝乾屍拜了幾拜，他們跟著老師出外實習時，見的都是骷髏骨骸，像這樣的乾屍，還是第一次見到。用死人的衣服來點火，多少有些忌諱，他們那麼做，是想求個心理上的安慰。

「走，我們去找村裏的人，」苗君儒說道。若是叫他一個晚上都和這些乾屍待在一起，心裏確實也不舒服，就算村裏的人不給他們吃的，也得另外找個地方安歇，找些木頭燒個火堆，那樣就不冷了。

他們舉著火把，朝村內走去。天上的月亮升起來了，明晃晃的照著地面，就是沒有火把，也能夠看得清。

幾個人都不約而同地把火把熄了，把火把留到該用的時候用。

這個村子並不大，只有十幾戶人家，他們一連敲了幾家的門，都沒有人應，而且屋子裏也沒有火光。

怪事，人呢？

他們站在一間屋子面前，並未上前敲門，而是想聽到裏面的聲音，哪怕是有人走動的聲音也好。

村子裏很靜，除了他們幾個人的腳步聲外，一點聲音也沒有，這種靜，靜得讓人害怕。他們在村子裏走了這麼久，並沒有見到地上有一堆牲畜的糞便，當然，也沒有牲畜的叫聲。

難道村子裏沒有一個人嗎？可是他們明明看到了火光。

「我們再找找看！」苗君儒說道。

他們正要朝一間類似回民伊斯蘭教教堂一樣的屋子走去，突然聽到一陣紛雜的馬蹄聲，尋著馬蹄聲的方向望去，見村口方向出現一條火龍，那是一支支火把連接成的。

火龍來的速度還挺快，轉眼間已經到了村口。

「快，先找地方躲起來！」苗君儒說道。

他們順著一道倒塌的土牆翻到院子裏，各自找地方躲了起來。苗君儒和趙二躲在院門邊，從院門破損的縫隙裏朝外看。

那隊人馬進了村子，苗君儒看到了為首的那個人，濃眉長髮，用一條黑色的絲帶紮著額頭，腰裏斜挎著彎刀，騎著一匹棗紅色的大馬。那馬的個頭，明顯比普通的馬要高出半頭，也不知是什麼品種。

那個人的身邊，跟著兩個人，其中一個人面容兇惡，一條刀疤從額頭直到右耳根，右眼上戴著眼罩。另一個人身材瘦小，騎在馬上，像一個小孩子。

令苗君儒奇怪的是，這些人身上穿的居然是古代西夏國的武士裝束，長纓盔甲、彎刀、長槍、弓弦、箭袋。所用的武器，也與現代人格格不入。

他們是群什麼人呢？

他聽到身邊的趙二發出「不不」的聲音，用手抓去，抓到趙二，發覺趙二的身體在哆嗦。

他低聲問道：「你怎麼啦？」

趙二結結巴巴地說道：「我……我見過他們，他們不是人，是……是魔鬼……槍打不死的魔鬼……」

想不到趙二居然說出這樣的話，可是苗君儒看到的，明明是人呀！除了裝束和武器顯得怪異外，其他的與常人完全相同。那些人在馬上，還相互說了話，只是由於馬蹄聲太雜，沒有辦法聽清。

在這群人之中，居然還有一個女人，那女人用面紗蒙著頭部，身上穿的，竟然是西夏國王妃的裝束。

難道真的是見鬼了？

趙二繼續說道：「我們的人，就是他們殺的，除了我之外，其餘的全死了！」

「哦！是這樣！」苗君儒問道：「你們開槍了？」

「是的，開槍了，打不死他們，他們像魔鬼一樣，來得很快，轉眼就到面前了，很多人還來不及開第二槍，就已經死在他們的刀下了！」趙二說話的時候，聲音仍在顫抖。

「有這樣的怪事？」苗君儒還真不相信，這世界上竟然有槍都打不死的人，除非如趙二說的，他們根本不是人。

領頭的那個人來到那間教堂前，下了馬。但是他身邊的人並不下馬，而是拔出刀，警戒地望著四周。

看他們的動作，就知道是一群訓練有素的人。

李道明就蹲在旁邊，聽到趙二說的話後，將槍口朝外面的人瞄準，苗君儒眼尖，忙一把抓住他開槍的手。

李道明低聲道：「他們殺死了我的父親，我要他們償命！」

「你也不看看現在是什麼時候，」苗君儒說道：「他們有好幾十個，而你的槍裏就只有那幾發子彈，對付兩三個人還可以，就算你打死他們幾個人又能怎樣，我們這幾個人，最終還不是會被他們殺死？」

李道明悻悻地問：「那你說怎麼樣，殺父之仇我不報了嗎？」

苗君儒低聲道：「你認為現在是報仇的時機嗎？」

李道明忿忿地收起槍，咬著牙道：「我一定不會放過他們！」

苗君儒朝外邊看了一眼，說道：「我們必須弄清楚他們是些什麼人，你沒有聽趙二說嗎，去年你父親手下有那麼多人，結果還不是全被他們殺了？他們所騎的馬，絕對不是平常的馬，行動起來，速度非常快，還沒有等你開第二槍，他們就衝到面前了。」

李道明問道：「你有什麼辦法弄清楚他們是什麼人嗎？」

苗君儒搖搖頭，說道：「現在我只能說，他們不是普通人！我們千萬不要讓他們發現，否則會像我們見到的那些人那樣，躺在這裏變成乾屍！」

苗君儒的話讓其他人的心頓時懸了起來，緊貼在土牆下，大氣都不敢喘一下。

不遠處，苗君儒見那間屋子裏亮起了燈光，那個男人下馬後，逕自進了屋子。其餘的人騎著馬，在並不寬的街道上來回跑動，激起一陣陣的灰塵。幾個漢子騎馬在那個女人左右轉著，並不離開，好像是忠誠的衛士，時刻保護著這個女主人。

一陣連綿尖厲但卻悠長的音樂聲傳來，苗君儒尋聲望去，見一個漢子丟掉韁繩，雙手拿著一個短短的東西，在那裏吹。

是羌笛！

苗君儒似乎想到了什麼，在天極峰的懸崖上，那四個字中，有一個字就是羌字。但是破解那四個字已經沒有意義了，因為要找的天師神劍，已經握在了李道明的手上。

進屋去的那個男人很快就出來了，朝眾人叫了一聲，飛速上馬，朝村外飛馳而去，其他人緊緊跟在後面，馬蹄聲過後，見那條火龍很快消失在黑暗中。這些人來得快也去得快，就像是一群黑暗中的幽靈。

苗君儒站起身，怔怔地望著那些人消失的方向，他實在無法相信剛才聽到的那一句話，儘管只有三個字：我們走！可這是在中國歷史上消失了幾百年的古代西夏官方語言。

一種消失了幾百年的語言，居然被他聽到了。

穿著王妃服飾的女人，身著古代武士盔甲的男人，這些到底是什麼人呢？

他望著那間透出燈光的房子，也許房子裏的人能夠幫他解開這個謎！

「走，我們去那間屋子裏看看！」苗君儒打開院門，出了院子，其他幾個人跟在他的身後。

來到大屋子門前，他敲了敲門，屋子裏並沒有人應，而是發出一陣蒼老的咳嗽聲。他輕輕推開門，走了進去。

屋子裏很大，但只有幾件破爛的舊傢俱，顯得很寬敞。中間一個大火塘，火塘邊放著幾根未燒盡的木頭，火塘內還有一些很旺的炭火。一個鬚髮皆白的老人，就坐在火塘邊的椅子上。

老人的身上裹著一件羊皮棉襖，單從衣服上，無法分辨是哪個民族的，但是這一帶生活的大都是回民。

苗君儒走上前，以回族的禮教朝老人施了一禮，用當地回族的言語說道：

「您好，我們迷路了，想在這裏借宿一宿！」

老人低著頭望著火塘裏的火，身子一動也不動，並未當他們存在。苗君儒連說了兩次，老人都沒有任何反應。

周輝和劉若其他們已經在火塘邊蹲了下來，伸出手烤火。

在回族地區，若沒有得到主人的同意，擅自進去屋裏，是犯忌的，輕者被主人趕出來，重者連命都會丟掉。

方才苗君儒推門進來，就已經犯忌了，現在周輝和劉若其他們那麼做，若是惹火了主人，後果很嚴重。

屋內出現短暫的沉默，苗君儒也不知道如何是好，也許這個老人的耳朵並不好使，沒有聽到他的話，他本想再問一次，卻見這個老人已經扭過頭，朝大家看了一眼，目光定在李道明手中的那把劍上，神色突然變得嚴厲起來，用手指著李道明，說道：「天神會懲罰你們的！」

除了苗君儒以外，沒有人能夠聽得懂老人說的話。這是他第二次聽到西夏的官方語言。

苗君儒望著老人，用同樣的西夏官方語言問道：「你是什麼人，為什麼一個人住在這裏？」

老人望著苗君儒，臉上出現一抹驚異之色，說道：「你是漢人，為什麼懂我們的語言？」

苗君儒說道：「這是大夏景宗皇帝所創的官方語言，大夏亡國的時候，臣民盡遭蒙人屠戮，從此沒有人會說了。大夏亡國至今已有數百年之久，可是你居然會說這種話，難道你是大夏皇族之後？」

最後那一句，他是做了一個大膽的假設。大夏亡國時，所有會這種語言的人，大都已經被殺，從而導致了這種語言的消失。但是有民間傳說，在蒙軍圍困西夏國都中興府的時候，有一支部隊保護著西夏皇帝的太子，衝出了蒙軍的包圍，逃往吐蕃求救。可這一隊人馬從此在歷史上消失了，也許流落到了別的地方。

他所學的這種語言，是從在敦煌發現的那些典籍中學來的，那些典籍中，就有漢語和西夏官方語這兩種語言的發音和含義解釋。西夏官方語在很大程度上延續了漢代時期的說話風格，顯得文縐縐的。他雖然說得不標準，但是老人可以聽得明白。

老人的身體微微一顫，說道：「大夏已亡國數百年，復國談何容易？」

老人此語，肯定了苗君儒的推測。

老人說道：「留你們一命，天明請儘快離開，千萬不要在這裏停留，否則，殺無赦！」

苗君儒聽到老人說最後那三個字的時候，分明看到了對方眼中的殺機。

老人轉向李道明說道：「你所拿著的劍，是大夏開國大將軍、衛戍軍大統領拓跋圭所有，叫青龍寶劍，這把劍怎麼會到你的手裏？」

說到後來，老人的聲音充滿嚴厲，眼中閃現寒光。

李道明聽不懂老人在說什麼，忙將求救的眼神望著苗君儒。

苗君儒一聽要壞事，忙說道：「我們都是路過的客商，不巧遇到馬賊，躲避的時候掉到一個洞穴內，誰知洞穴內是一座古墓，我們都以為必死無疑，不料古墓內突然出現一個金甲將軍，手持寶劍帶著我們走出古墓，後來金甲將軍消失不見了，只留下這把劍，我們都以為這是神物，不敢懈怠，於是把劍帶了出來，想回家後以香火供奉，報將軍相救之恩！」

他的這一番謊話，還真騙住了老人。老人的目光柔和下來，說道：「看在將軍顯靈救你們的份上，饒恕你們擅闖陵墓的大罪，把劍交給我就行了！」

苗君儒鬆了一口氣，對李道明說道：「你手上那把劍不是天師神劍，是衛戍軍大統領拓跋圭的青龍寶劍，你如果不想死的話，就快點把劍給他！」

李道明一愣，說道：「怎麼不是天師神劍？」

這把劍從墓室中取出來後，他還沒有仔細看過呢。當下，他借著火光，仔細看了一下手中的劍，見劍身上隱隱兩條龍，劍柄的含口處有一排小西夏文字：衛戍軍大統領拓跋圭。

果真是拓跋圭的劍。

他問道：「那天師神劍在哪裏呢？」

苗君儒說道：「恐怕要從天極峰懸崖上的那四個字去尋找答案了，可惜我到現在都沒有解開！」

苗君儒走過去，從李道明手上接過劍，轉身恭恭敬敬地交到老人的手裏。

這把鐵劍有三四十斤重，一般人雙手拿著，還有點吃力。不料這老人單手接過劍，挽了一個漂亮的劍花，劍鋒掃過旁邊的一張桌子，那張桌子「嘩」地一下碎落在地。

這個老人看上去起碼有八十歲，這麼大年紀的人，居然還有這份超乎常人的力量。苗君儒呆呆地望著老人，見老人單手持劍，挺直胸膛，目光炯炯地望著，如同一個征伐疆場的老將軍，那份氣勢，令人不由得肅然起敬。

老人平端著劍，緩緩說道：「憶將軍昔日，率萬千軍馬，東拒北宋，北逐大遼，南堵吐蕃，西征回鶻，是何等英雄豪氣，開創我大夏基業，立下戰功赫赫，奈何歲月如梭，將軍隨先帝逝去。蒙狗侵犯之時，若將軍復生，何至於亡國乎……」

說到後來，老人竟有嗚咽之聲。

苗君儒望著老人，一時不知道該用什麼話安慰才好。在他和老人的一番談話後，他明白不久前看到的那些人，並不是什麼魔鬼，而是和這個老人一樣，是西夏的後裔。

令他不懂的是，這一群西夏的後裔，操著最古老的武器，居然可以輕易避過現代武器的攻擊，將人一個不留地殺死，自身卻毫無損傷。他們靠的是什麼，是身上的那些鎧甲，還是巫術？

到現在為止，除了堅厚的鋼板外，還沒有什麼鎧甲能夠抵擋子彈的撞擊。但是巫術能夠控制人的意識，讓人產生幻覺。被巫術控制下的人，在產生幻覺後，端著槍朝一個並沒有人的方向射擊，而這些武士卻從另一個方向衝上來，以迅雷不及掩耳之勢，將人殺死。

什麼巫術那麼厲害呢？

但是西夏舉國上下都崇尚佛教，並沒有巫術存在。而巫術，也只是流傳於東南亞國家及雲貴等地區的少數民族。

還有更令他不懂的是，老人既然是西夏皇族後裔，為什麼身邊沒有一個侍衛？而且整個村子，除了這間屋子外，並沒有哪間屋子有火光。難道整個村子，就只有老人一個人嗎？

一個老人獨居在這裏，究竟是為了什麼？剛才那幫人中的那個領頭人，進屋是為了什麼？

他們之間到底還有什麼秘密？

老人轉過身，對苗君儒說道：「桌上有飲食，你們可以吃也可以帶走一些，明天出村後朝北走，千萬不要往西去！」

苗君儒問道：「為什麼不要往西走呢？」

老人厲聲道：「不要再問了，照我說的做！」

苗君儒也不敢多說了，望著老人走進房內。旁邊的另一張桌子上，放著一些乾牛肉和大餅，還有幾個羊皮袋子。

「這裏有東西吃，」苗君儒說道：「我們今天晚上就睡在這裏，明天一早離開！」

他們把牛肉和大餅在火上烤了一下，就著羊皮袋子裏那酸酸甜甜的牛奶吃了。吃過之後，一個個睏意上湧，在火塘邊沉沉睡去。

苗君儒醒來的時候，屋外已經天色大亮，他聞到一股濃濃的酒味，方知昨天晚上喝的是牛奶酒，這種酒醇厚綿長，勁道很大。難怪喝過之後想睡覺，原來是酒勁上頭了。

其他幾個人還在睡，他看了看裏面房間的人，見門關著，不便上前打擾，便起了身，打開屋門。見屋門正對著他們昨天晚上走出來的山谷，再一看屋內的火塘，心知昨天晚上老人在屋內燒火的時候，也將屋門開著，所以在山谷內的他們才看到了火光。

漸漸地，其他人也醒了。

李道明問道：「那個老頭子呢？」

「別管他，我們走就是！」苗君儒說道。

幾個人收拾了一下背包，從桌子上拿了一些乾牛肉和大餅，走出了那間大屋子。

「我們往哪裏走？」林卿雲問。

「往北！」苗君儒拿出指北針，辨認了一下方向。

「咦，這間屋子的門正對著山谷，」周輝叫道：「這個村子裏的人，好像就是守衛著山谷裏那些秘密。」

「可以這麼說，」苗君儒說道。他帶頭向村外走去。

從他們昨天晚上進村到今天離開，只見到一個老人，村子裏好像並沒有其他人的存在，其他人都去哪裏了？

出村後，見村邊的山坡上，有一座高聳的七層佛塔，興許是年代太久的緣故，佛塔的表面都已經風化了。往北是一道山崗，往西則是一條大峽谷，朝峽谷去的方向，有幾堆新鮮的馬糞。昨天晚上的那一幫人，極有可能就是朝這方向去的。

李道明叫道：「往北走根本沒有路呀，怎麼走？」

苗君儒說道：「那個老頭子叫我們不要往西！」

李道明笑道：「他這麼說的話，我還偏偏要往西。我看過地圖，往西可以到達玉門關，往北是荒漠和鹽沼，他是想引我們往死路上走呀！」

李道明這麼一說，周輝他們三個人用狐疑的目光看著苗君儒。

林卿雲問道：「苗老師，是不是您昨天晚上聽錯了，老人是叫我們不要往北而是往西。」

在古代西夏官方語言中，西和北這兩個字的發音有相似之處，再加上那個老人的牙齒已經掉光，說話也含糊不清。被林卿雲一問，苗君儒也無法肯定自己是不是聽清楚了。

既然大家都想朝西走，他也沒有什麼意見。朝有人跡的方向走，總比往荒漠和鹽沼裏闖的好。

「那就走吧！」苗君儒說道，他朝峽谷望了望，突然感覺到峽谷右邊的山峰頂上好像有人影一晃，當他定睛看去的時候，卻又什麼也看不見了，還以為是自己眼花。

大家一起朝峽谷內走去。在他們的身後，那個老人站在村口朝他們遠遠地望著，老人的肩膀上，站著一隻威武的鷂鷹。只見老人用手一指前方，那隻鷂鷹長嘶一聲騰空飛起，迅速衝入雲端。

大峽谷寬約一公里，地上大大小小的，都是紅色的沙石，而兩邊的懸崖都是紅褐色的砂岩，高達幾十丈。走入峽谷，觸眼的紅色，讓人極為不舒服。

三個小時後，太陽光射進峽谷，峽谷內的溫度一下子高起來，走不了幾步就大汗淋漓。

在這種地方，最高溫度可達五十度以上，若是在沒有水的情況下，會很快脫水而死。就算是有水，平常的人也受不了這樣的高溫，會被熱死。

必須先找個地方，避過這一陣。

「老爸，你看，那裏有東西！」林寶寶叫道。

苗君儒順著林寶寶的指向望去，見前方左邊一塊離地面十幾米的凸起岩石上，站著一頭怪獸。

那怪獸如牛犢般大小，頭上長著兩支鹿角，通體毛皮都是紅色。其毛皮的顏色和岩石的顏色渾然成一體，若不仔細看，還真看不到。

苗君儒驚叫道：「通靈炙犛！」

林寶寶問道：「通靈炙犛是什麼東西？」

苗君儒說道：「通靈炙犛是一種古代的怪獸，通體紅色，叫聲如牛，牠有羚羊一樣的本領，能夠在懸崖峭壁上行走自如。如果穿上用牠的皮製作的盔甲，可以刀槍不進，水火不侵。更神奇的是，據說由這種怪獸引路，能夠到達陰間地府，見到死去的人。我在古代的書籍上見到這種怪獸的介紹，以為那只是傳說，現實上並不存在，沒想到今天見到了！」

那隻通靈炙犛就站在岩石上，高昂著頭，發出了一聲深沉的吼聲，聲音確實像牛一樣，但比牛的叫聲大多了。聲音在峽谷內久久迴盪，就像響了一陣轟天炸雷。

「我就不相信子彈打不死牠！」李道明說著，用槍瞄準通靈炙犛。

那通靈炙犛看著大家，突然把頭一低，口一張，噴出一團火球來。那團火球見風後迅速變大，筆直朝眾人撲來。

苗君儒見狀大驚，叫道：「快逃！」

大家也吃驚不小，各自朝後面逃去。那團火球來的速度挺快，轉眼已經到了大家的面前，用不了幾秒鐘，大家都會被火球吞沒。說時遲，那時快，苗君儒脫下身上的衣服，向火球拋去。

衣服一沾上火球，瞬間化成灰燼。火球登時炸開，一股熱浪向大家襲來，大家情不自禁地撲倒在地。

熱浪過後，跑在最後的苗君儒聞到一股焦味，用手一摸，後腦的頭髮都燒掉了，還好沒有太大的燒傷。

「你們都沒有事吧？」苗君儒問道。

除趙二的衣服後襟被燒掉半邊外，其他的人都沒有什麼。大家爬起來，見那隻通靈炙犛還站在那裏，旁邊多出了一隻。

一隻已經令人夠嗆，現在多出了一隻，怎麼辦呢？

李道明用槍向通靈炙犛瞄了瞄，距離較遠，子彈打不著。

苗君儒道：「我剛才漏了介紹，據說通靈炙犛會噴火！」

周輝道：「老師，您早點介紹我們就有防備了！」

苗君儒笑道：「那也只是書上說的，我也不相信這東西真的會噴火。」

李道明說道：「苗教授，現在怎麼辦，那兩隻東西堵在那裏，我們過不去！」

這種通靈炙犛是屬火的動物，最怕水，可是到哪裏去找那麼多水呢？眼下喝的水已經不多了，就是把所有人的水集中起來，都遠遠不夠。

退回去已經不可能了，還沒有走回村子，他們就已經被曬死在路上。進也死退也死留在這裏也是死，當真走上絕路了。現在不是埋怨李道明的時候，苗君儒望著岩壁上的那兩隻通靈炙犛，苦苦思索對策。

「姐，我頭暈！」林寶寶叫道。

不僅僅是林寶寶一個人頭暈，在如此炙熱的太陽底下，身上汗出如漿，所有人都出現不同程度的脫水現象，都感覺頭暈。

千萬不能倒下，一倒下也許就永遠站不起來了。苗君儒要大家走到岩壁下面，那樣可以避免陽光的直射，並要周輝脫下外套，給林寶寶遮擋陽光。

他看過的那本古籍上，只有一種對付通靈炙犛的方法，就是用水。

難道就沒有第二種方法了嗎？

無論什麼動物，都不同程度的畏懼人，剛才通靈炙犛朝他們噴火，也是害怕他們走近後對牠產生威脅，如果有什麼辦法走得離那兩隻通靈炙犛近一些，也許那兩隻通靈炙犛會逃掉。

他看到左邊岩壁的下面，有兩處地方的岩石凸起，下方形成一個可以躲避的空間，如果利用那兩處空間，迅速接近那兩隻通靈炙犛，也許會將通靈炙犛嚇跑。

別無他法，只有賭一賭了。他放下背包，看了看地形，計算了一下奔跑的速度和時間，對李道明說道：「把你的槍給我！」

李道明猶豫了一下，把槍遞給苗君儒。

接過槍後，苗君儒迅速轉身，朝最近的那處岩石下方跑去，與此同時，一隻通靈炙犛朝他噴出一團火球。

火球來的速度極快，苗君儒在接近那處岩石下方的時候，身體突然騰起，朝前一躍，堪堪避過那團火球，滾入岩石下方的藏身處。那火球撞在沙地上，像炸彈一樣「轟」的炸開，飛濺起一陣沙塵。他感到身上一陣火熱的灼痛，估計是被火球炸開後的熱氣灼傷了。

也管不了那麼多，他喘了一口氣，抹了一把臉上的汗漬，飛身出了藏身處，朝另一處岩石的下方跑去。

一道亮亮的光線迎面撲來，他知道第二團火球到了。通靈炙犛這種異獸，智商也是很高的，牠們一定知道他要躲到那處岩石下方去，所以等他一現身，就立刻噴出火球。如果他照這樣的速度繼續向前衝的話，不待他衝到岩石的下方，就已經被火球撞上。

他突然不可思議地停住腳步，往右邊跑去。那樣一來，火球就落空了。火球落在地上的時候，他已經把槍口瞄準了岩石上的兩隻通靈炙犛，並連連扣動了扳機。

「砰砰」槍聲響起，在峽谷內迴盪，子彈射在那兩隻通靈炙犛旁邊的岩石上，激起一些沙粒。那兩隻通靈炙犛愣了一下，發出一聲長吽，紅紅的影子一晃，三兩下便消失在岩壁之上。

成功了！

苗君儒的雙腿一軟，跪在地上。剛才這一陣奔跑，已經消耗掉了他的全部體力，身體如同虛脫了一般，一點力氣也沒有了。

他的上身向地上栽去的時候，被跑上來的周輝扶住。

「不要……停……一定要……走出山谷……」苗君儒連說話的力氣都沒有了。

劉若其也趕上來了，和周輝一起將苗君儒扶起來。

一行人踉蹌著朝峽谷外走去。

勉強著走了半個小時後，苗君儒漸漸恢復了一點體力，他們幾個人已經喝光了最後一滴水，如果再過一個小時還走不出峽谷，找不到水源的話，他們都會死在這裏。

「不行，一定要找個地方休息一下，這樣是走不出去的！」苗君儒說道。話雖這麼說，可是哪裏有可以休息的地方呢？

趙二將林寶寶背在背上，林寶寶不斷發出囈語，只說一個字，那就是「水」。現在他們的汗都快流光了，哪裏來的水呢？

「老師，你看那前面！」周輝叫道。

大家朝前面望去，見峽谷的前方出現一個大湖泊，清涼涼的湖水，湖邊碧綠的水草和樹木。一切就在眼前，彷彿觸手可及。

「前面有水！」李道明高興地叫道，拔腿朝前面跑去。

其他幾個人頓時來了力氣，加快腳步朝前走。苗君儒知道那是海市蜃樓的假像，有水的湖泊離這裏至少幾十里地，他不想說出來，怕對大家的打擊太大。

一個女人牽著馬向湖邊走來，來到湖邊後，她放開韁繩，任由馬在旁邊飲水。

「就是昨天晚上我們見到的那個女人！」趙二叫道。

那一身西夏王妃的打扮，確實就是昨天晚上見到的那個女人。只見那個女人蹲下身子，輕輕撩開面紗，用手捧起湖水。那一刻，所有的人都看清了女人的樣子。

「是我妹妹！」李道明叫道。他用手揉了揉眼睛，確信自己沒有看錯，那湖邊的女人，就是他失蹤了一年多的妹妹李菊香。

「是她，真的是她！」趙二也叫道。

苗君儒看著海市蜃樓中顯現的那個女人，沒有想到就是李道明的妹妹。他想起了李道明家中的那盞保命燈，這冥冥之中，有些事情還真的就那麼神奇。令他不解的是，李道明妹妹怎麼會和那群西夏武士混跡在一起，而且穿上了王妃的服裝。

他們往前小跑了一陣，那個湖泊突然消失不見了。走在前面的李道明一跤摔倒，右手碰到一個圓圓的東西，抬頭一看，竟然是顆人頭。

人頭是剛砍下來的，沙地上還殘留著已經曬乾的血跡。

就在其他幾個人看到那一地屍體的時候，苗君儒所看到的，是地上嶄新的馬蹄印。在不久之前，這裏還有人。

李道明看到繫在一具屍體腰上的羊皮袋，他爬了過去，抓起羊皮袋，將半袋子水全部灌入口中，然後坐在那裏大口大口地喘氣。

周輝和劉若其將苗君儒扶到旁邊坐下後，他們學著李道明的方法，在那一地的屍體中，找到了幾袋水。

這可是救命的水。

苗君儒喝下幾口水後，感覺舒服多了，他不敢多喝，在沒有找到水源之前，僅有的這一點水，是用來保命的。

他餵林寶寶喝下一些水後，將毛巾用水沾濕，蓋在林寶寶的頭上。林寶寶已經深度中暑，如果再不找地方及時處理的話，會有生命危險。

「他們都是龍七的人。」李道明說道：「一定是被那場沙暴刮走後，落在了別人的手裏！」

地上的那些無頭屍體都穿著現代人的裝束，確實是龍七的人。除了這些剛被殺的人外，還有許許多多無頭的骨骸，整個峽谷的半邊地面，都是那樣的無頭骨骸，足有幾千具。

這麼多骨骸，都是被殺的，他們都是些什麼人呢？

一陣馬蹄聲傳來，大家看到一隊騎在馬上的武士，煙塵中，那些武士轉眼已經來到了他們的面前，衝在前面的兩個武士，已經抽出了彎刀，朝李道明和周輝劈了下去。

請續看《搜神異寶錄》6黃金玉棺

搜神異寶錄 之5 稀世奇珍

作者：婺源霸刀
發行人：陳曉林
出版所：風雲時代出版股份有限公司
地址：10576台北市民生東路五段178號7樓之3
電話：(02) 2756-0949
傳真：(02) 2765-3799
執行主編：劉宇青
美術設計：許惠芳
行銷企劃：邱琮傑、張慧卿、林安莉
業務總監：張瑋鳳

初版日期：2017年9月
初版二刷：2017年9月20日
版權授權：吳學華
ISBN ：978-986-352-468-7
風雲書網：http://www.eastbooks.com.tw
官方部落格：http://eastbooks.pixnet.net/blog
Facebook：http://www.facebook.com/h7560949
E-mail：h7560949@ms15.hinet.net
劃撥帳號：12043291
戶名：風雲時代出版股份有限公司

風雲發行所：33373桃園市龜山區公西村2鄰復興街304巷96號
電話：(03) 318-1378
傳真：(03) 318-1378
法律顧問：永然法律事務所 李永然律師
北辰著作權事務所 蕭雄淋律師

行政院新聞局局版台業字第3595號 營利事業統一編號22759935

定價：280元　特惠價：199 元

國家圖書館出版品預行編目資料

搜神異寶錄 ／ 婺源霸刀 著. -- 初版. -- 臺北市：
風雲時代，2017.06- 冊；公分

ISBN 978-986-352-468-7（第5冊；平裝）

857.7　　106006481